무당패왕 12

2024년 3월 13일 초판 1쇄 인쇄
2024년 3월 18일 초판 1쇄 발행

지은이 윤신현
발행인 김관영

기획 박경무 강민구 임동관 조익현
책임편집 이정규
마케팅지원 유형일 장민정

발행처 (주)로크미디어
출판등록 2003년 3월 24일
주소 서울시 마포구 마포대로 45 일진빌딩 6층
Tel (02)3273-5135 Fax (02)3273-5134
홈페이지 rokmedia.com E-mail rokmedia@empas.com

ⓒ 윤신현, 2023

값 9,000원

ISBN 979-11-408-1802-0 (12권)
ISBN 979-11-408-1050-5 04810 (세트)

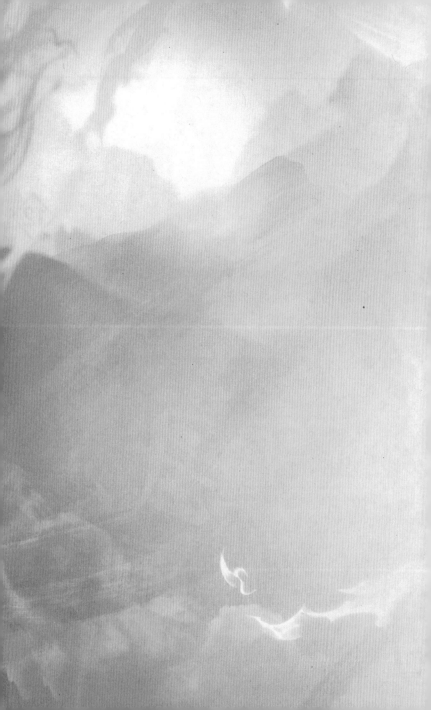

차례

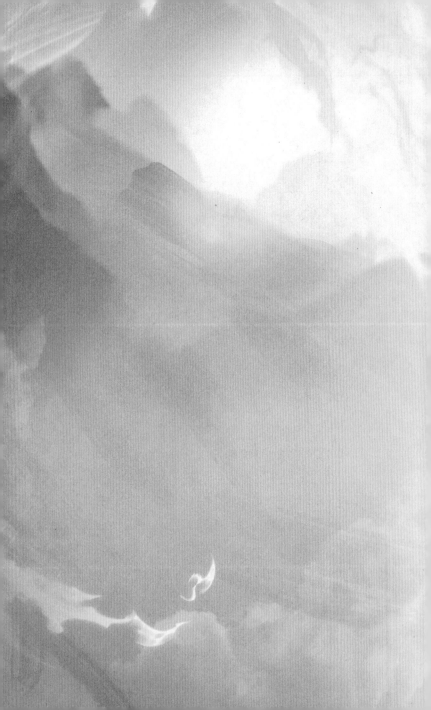

제95장 섬서혈투陝西血鬪

'하위권은 엇비슷할지 몰라도 상위권은 압살이지.'

천하십대고수쯤 되는 이에게 하위권, 상위권 논하기가 좀 그렇지만 냉정하게 말해 열 명의 수준 차이는 극명했다.

그걸 이춘상은 누구보다 잘 알았다.

그의 사부가 취선이며 당대의 천하십대고수 중 한 명이었기 때문이다.

"확실히 수준 차이가 있긴 하지. 대막무림을 무시하는 게 아니라. 당장 우리만 하더라도 대막과 교류가 아예 없는 건 아니니까."

"의외로 가까운 편이지."

"맞아. 내가 관심이 없어서 그렇지. 게다가 괘씸한 건 우리 쪽이라고. 하오문과 흑점의 꼬드김에 넘어가다니."

현광의 눈매가 매서워졌다.

화산파와 백랑성은 딱히 원한이라고 할 만한 게 없었다.

서로의 영역이 달랐기에 부딪칠 일이 없어서였다.

그러나 하오문과 흑점, 귀단문과 손을 잡고 공격했으니 이제는 상황이 달라졌다.

"황량한 사막에 비하면 중원은 풍요의 땅이니까. 충분히 탐이 날 수도 있지. 이런 게 한두 번이 아니니까."

"하지만 단 한 번도 우리는 패배한 적이 없지."

"맞아."

똑똑똑.

요즘 들어 죽이 척척 맞는 둘의 대화를 지켜보던 유하성의 고개가 문 쪽으로 돌아갔다.

누군가 문을 두드려서였다.

"사숙. 저 원상입니다."

"들어와."

"예."

익숙한 기척과 함께 원상이 문을 열고 안으로 들어왔다.

그런데 그의 표정이 심상치 않았다.

평소와 달리 잔뜩 놀란 표정이었다.

"무슨 일이야?"

"사, 사백조께서 오셨습니다."

"사백조? 누구?"

유하성이 고개를 갸웃거렸다.

무당파에서 누군가 찾아왔다는 게 원상이 놀랄 만한 일인
가 싶어서였다.

화산에서 무당산까지의 거리가 상당하다고 하나 꼭 무당
산에서 출발했다고는 생각할 수 없었다.

섬서성에 있다가 찾아올 수도 있는 것이었기에 유하성은
왜 그렇게 당황했냐는 눈빛으로 원상을 쳐다봤다.

"명천 사백조께서 오셨습니다."

"헐."

"무당산에 계시지 않았었나?"

이어지는 원상의 대답에 이춘상과 현광이 화들짝 놀랐다.

유하성과 마찬가지로 둘 다 명천이 오리라고는 상상조차
못 해서였다.

"백랑성이 남하한다는 소식을 듣자마자 출발하신 모양이
네. 혼자 오신 거지?"

"그렇습니다."

여전히 놀란 두 친구와 달리 유하성은 빠르게 상황을 파악
했다.

그때쯤이면 얼추 시간이 맞는 것 같아서였다.

다만 의문이 들었다.

굳이 혼자서 먼저 올 필요가 있을까 싶어서였다.

"장문인을 만나고 계시겠지?"

"예. 근데 금방 이리로 오실 것 같습니다. 거처도 이곳으로 삼으실 듯하고요."

"그럴 테지."

유하성은 고개를 주억거렸다.

천강과는 친구 사이이니 명천이 성격상 인사만 살짝 하고 이곳으로 향할 가능성이 컸다.

"놀랍긴 한데, 든든한 것도 사실이야."

"맞아. 명천 대협께서 오실 줄이야."

그러려니 하는 이춘상과 달리 현광은 반색했다.

한 명의 고수가 아쉬운 마당에 명천의 합류는 더없이 호재였다.

그렇기에 현광의 얼굴은 삽시간에 밝아졌다.

"무당검선께서 오신 거니까."

"맞아. 화산무제와 무당검선이면, 할 만해."

"거기다 우리 무당패왕 대협도 있고 말이지."

이춘상이 언제 우울했냐는 듯이 다시 살아났다.

예의 장난기 가득한 표정으로 눈썹을 꿈틀거리며 유하성을 바라봤던 것이다.

"맞아. 거기에 옥만개도 있고. 낭왕을 잡으면 너나 나나 하성이처럼 별호에 왕(王) 자가 붙지 않을까?"

"삼왕(三王)이라. 나쁘지 않은데?"

이춘상이 솔깃한 표정을 지었다.

안 그래도 옥만개라는 별호가 거슬리던 차였다.

예전이야 별호에 대해 전혀 신경을 쓰지 않았지만 지금은
달랐다.

"물론 전제 조건이 있지만."

"못 잡을 것도 없지. 너나 나나 강해졌는데. 저 녀석만큼
이 아니라서 그렇지."

조심스러운 현광과 달리 이춘상은 눈을 반짝였다.

꼭 불가능하다고 생각하지만은 않아서였다.

"일단 이리로 오실 테니까 준비하자고."

"그래."

턱을 쓰다듬으며 혼자만의 상상에 빠져든 이춘상을 내버
려두고서 유하성은 자리에서 일어났다.

명색이 사백이 오는데 아무 준비도 안 할 수는 없어서였다.

원탁에 기묘한 분위기가 내려앉았다.

명천이 온다는 사실은 전부 알았지만 천강까지 올 줄은 몰
라서였다.

"분위기가 왜 이래?"

"왜 이러긴. 너 때문이잖아?"

"무슨 소리야?"

누구도 선뜻 입을 열지 못하는 모습에 천강이 의아한 얼굴로 말문을 열었다.

그런데 그가 입을 열자마자 명천이 면박을 주었다.

본인만 모르는 것 같아서였다.

"네가 와서 이러는 거 아냐? 나야 익숙하지만 넌 아니니까."

"크흠!"

적나라한 명천의 한마디에 천강이 불편한 심기를 고스란히 드러내며 헛기침을 했다.

그러나 다른 사람이라면 모를까 명천에게는 아무 소용이 없었다.

천강이 심기불편하든 말든 명천은 전혀 신경 쓰지 않았던 것이다.

오히려 그는 천강이 헛기침을 하거나 말거나 개의치 않고서 쪼르르 앉아 있는 네 명의 여인들을 차례대로 바라봤다.

"안녕하세요."

"오랜만에 뵈어요."

"그간 잘 지내셨는지요."

조용히 묵례하는 제갈령령과 달리 남궁희수와 황주연, 서문예지는 한마디씩 하며 인사해 왔다.

그러면서 잔뜩 긴장한 표정으로 명천의 눈치를 봤다.

아무래도 그녀들로서는 명천을 대하는 게 조심스러울 수밖에 없어서였다.

"저희도 이 자리에 앉을 자격은 있다고 생각해요."

"호오."

"현재 나름 각 가문을 대표하고 있고요."

"내가 뭐라고 했느냐? 난 아무 말도 안 했다."

똑 부러지게 말하는 제갈령령의 모습에 명천이 피식 웃었다.

하지만 이 모습이 싫지는 않았다.

남자이고 여자이고 강단이 있어서 나쁠 건 없어서였다.

더욱이 네 명의 여인들은 모르겠지만 그에게는 유하성에게 이래라저래라할 자격이 없었다.

"혹시 저희가 앉아 있는 게 거슬리는 건 아닐까 싶어서요."

"거슬릴 게 뭐가 있어? 천강도 있는데."

"크흠! 애들 앞에서 말 좀 가리지?"

"내가 편하게 하는 거하고 네 체면하고 무슨 상관이 있는데? 내가 욕을 했어, 널 깎아내렸어?"

"끄응!"

천강이 입을 다물었다.

얄밉지만 틀린 말은 없었다.

근데 그래서 더 마음에 안 들었다.

"참고로 취선도 이곳으로 오는 중이다."

"어?"

"네?"

천강과 이춘상이 동시에 놀랐다.

다만 의미는 조금 달랐다.

아주 조금은 반가워하는 천강과 달리 이춘상은 말 그대로 크게 놀랐다.

설마하니 사부가 화산으로 올 줄은 몰라서였다.

"취선도 온다고?"

"응. 제자가 여기에 있으니까. 겸사겸사 너도 보고 나도 보고. 소림사는 사천성 쪽으로 향했으니까."

"남궁세가와 제갈세가, 하북팽가도 이곳으로 오는데?"

"대신 사천성에는 점창파와 곤륜파, 공동파가 가잖아. 모용세가도 가고. 사천성에는 원래 아미파와 청성파, 사천당가가 있고."

화산으로 많이 모이는 듯하지만 실상은 달랐다.

사천성으로 향하는 전력도 상당했다.

"얼추 비슷하기는 하겠네."

"그리고 내가 온 목적은 전투가 아니라서."

"뭐?"

천강의 두 눈이 동그래졌다.

여기까지 와서 이게 무슨 소리인가 싶어서였다.

그러나 명천은 당당했다.

"내가 먼저 온 건 소향이 때문이야."

"저, 저요?"

유하성의 옆에 얌전히 앉아 있던 이소향이 토끼 눈을 떴다.

그 정도로 깜짝 놀란 것이었다.

"그렇단다."

모두가 놀라는 것과 달리 명천은 인자하게 웃으며 대답했다.

당황하는 이소향의 모습도 너무나 귀엽다는 듯이 말이다.

근데 그 모습이 천강에게는 더없이 이상했다.

지금껏 그가 보아 온 명천의 모습과는 너무나 달라서였다.

"잠깐만. 그러니까 지원을 온 게 아니라 저 아이를 보호하려고 온 거라고?"

"맞아. 나 말고도 싸울 인원은 많잖아? 필요하다면 싸우겠지만 일단 나는 소향이를 지키러 온 거다. 마음 같아서는 무당산으로 데려가고 싶은데 사정이 그 정도로 좋지는 않은 듯하고."

"허."

천강이 어이없다는 표정을 지었다.

아무리 생각을 해 봐도 이해가 되지 않아서였다.

"종남파도 곧 도착할 테고 제갈세가, 남궁세가, 그리고 본

문도 온다. 거기다 취선도 오늘 내로 도착할 테고. 게다가 소향이의 안전이 확보되어야 하성이도 제대로 싸울 테니까. 안 그러냐?"

"그렇긴 합니다. 저에게 있어 가장 중요한 존재는 소향이 니까요."

유하성은 부정하지 않았다.

일전의 전투에서도 가장 신경 썼던 게 이소향의 안전이었다.

그렇기에 명천이 보호해 준다면 유하성으로서는 더할 나위 없이 좋았다.

"너에게만 소중한 거 아니다. 나에게도 소중하다. 소향이는 네 제자이기도 하지만 명운이의 사손이기도 하니까."

"이걸 어떻게 받아들여야 하는 건지."

이해할 수가 없는 대화의 흐름에 천강이 황당하다는 표정을 지었다.

그런데 더 웃긴 건 이 자리에서 오직 그만 이해하지 못한다는 것이었다.

다른 이들은 명천이 저러는 게 처음이 아니라는 듯이 다들 고개를 주억거렸다.

"뭘 어떻게 받아들여? 내가 사손을 지키는 게 뭐 이상한 일이라고."

"너 원래 그런 성격 아니었잖아?"

"사람은 나이를 먹으면 조금씩 바뀌기 마련이다."

"그리고 사손은 저 아이만 있는 게 아니잖아?"

천강의 시선이 조용히 앉아 있는 세 청년에게로 향했다.

나이는 이소향과 많이 차이 나지만 원상과 원호, 원경도 엄연히 명천에게는 사손들이었다.

"저 아이들은 제 앞가림을 할 수 있잖아. 또 그래야만 하는 나이이고. 그렇지만 소향이는 다르지. 넌 소향이가 저 아이들과 같다고 생각해?"

"……그건 아니지."

천강이 순순히 고개를 저었다.

배분은 세 청년들과 같을지 모르지만 이소향은 이제 겨우 아홉 살이었다.

그런 아이를 전장에 내몰 정도로 천강은 몰상식하지 않았다.

"내가 안 싸우겠다고 한 게 아니야. 본 문의 전력이 올 때까지는 소향이의 보호에 집중하겠다는 거지. 설마 백랑성 따위에게 자신이 없는 건가?"

"그럴 리가."

천강이 발끈했다.

그가 비록 일성(一星)과 쌍선(雙仙)보다 아래로 평가받는 삼제(三帝) 중 한 명이라고 하나 실질적으로 그 격차는 그리 크지 않았다.

다만 그 격차를 뛰어넘기가 어려워서 그렇지.

때문에 천강은 백랑성주라고 해도 두렵지 않았다.

"거기다 저 녀석들도 있잖아? 다 늙은 나보다는 한창때의 장정들이 낫지."

"내 귀에는 어떻게든 빠져나가려고 하는 것처럼 들리는데 말이지."

"취선도 있잖아. 정 힘들다 싶으면 나도 나설 거니까 걱정하지 말고."

"일단 알았다."

더 설득해도 고집을 꺾지 않을 게 분명했기에 천강도 더는 말하지 않았다.

대신 묘한 눈으로 이소향을 쳐다봤다.

괜히 자신 때문에 일이 꼬인 듯싶어 안절부절못하는 이소향을 말이다.

"애한테 눈치 주지 마. 네가 노려보니까 어쩔 줄을 몰라 하잖아?"

"……그냥 쳐다보는 것도 안 되냐?"

"볼 거면 부드럽게 봐. 우리 소향이 겁먹지 않게."

"저, 저는 괜찮아요."

천하의 화산파 장문인에게 잔소리를 하는 명천의 모습에 이소향이 어색하게 웃었다.

나름 중재하고자 노력한 것이었다.

武當霸王
무당
패왕

"제가 보기에는 두 분 다 소향이를 힘들게 하는 것 같습니다."

"난 아니지."

그때 유하성이 나섰다.

누구보다 먼저 이소향의 심리 상태를 알아보고는 두 사람의 시선을 차단했던 것이다.

"오늘은 이쯤 하시죠. 아니면 소향이를 보내고 따로 자리를 만들든가요."

이소향이 불편해했기에 유하성은 자리를 파하고자 했다.

굳이 무거운 대화를 이소향이 들을 필요는 없다고 생각해서였다.

"그래."

그걸 명천 역시 알아들었는지 순순히 승낙했다.

따로 유하성에게 할 말도 있었고.

시간이 갈수록 화산파는 북적거렸다.

백랑성과의 전투를 앞두고 무문들이 속속 집결하기 시작한 것이었다.

명천을 시작으로 취선이 도착했고, 그 뒤로 종남파와 제갈세가, 하북팽가가 당도했다.

하지만 소란스러운 화산파 경내와 달리 유하성의 방은 고요했다.

또르륵.

아무도 없는 방에서 유하성은 홀로 차를 마셨다.

복잡한 생각을 정리하기 위해 혼자만의 시간을 가졌던 것이다.

후르릅.

벌써 세 번이나 비워진 찻잔을 유하성은 말없이 내려다봤다.

그러나 시선은 텅 빈 찻잔에 향해 있었으나 머릿속에는 다른 게 떠올라 있었다.

어찌 보면 지금의 상황과는 어울리지 않는 고민이었으나 유하성은 왠지 모르게 지금이 아니면 안 될 것 같다는 느낌이 들었다.

이미 많이 늦기도 했고.

"내가 나이를 먹은 만큼 그녀들도 나이를 먹었으니까."

사실 지금까지 기다려 준 것만 해도 말이 되지 않았다.

물론 처음에야 정략결혼의 상대로 유하성을 생각했겠지만 지금은 달랐다.

만약 정말 정략결혼이 목적이었으면 네 사람 다 지금까지 기다리지는 않았을 것이었다.

"내 마음을 알기도 했고."

오랜 시간 함께하며 정이 들기도 했지만 유하성이 이렇게 진지하게 고민하게 만든 계기는 따로 있었다.

바로 색랑을 비롯하여 백랑성의 등장이었다.

어떻게 보면 자신의 욕망에 지극히 순수한 이들이 그들이었다.

앞뒤 재지 않고 순수하게 욕망에 충실한 이들이라고나 할까.

그런데 그게 유하성에게 큰 자극을 주었다.

정확하게는 그들로 인해 스스로의 마음에 대해 알게 되었다고나 할까.

또르륵.

빈 찻잔에 식어 버린 차를 따르며 유하성은 자신의 마음을 들여다보았다.

정확하게는 그때의 감정을 말이다.

처음에는 분노했고, 그다음에는 당혹스러웠다.

어느새 네 명의 여인들이 그의 마음에 깊게 들어와 있음을 느껴서였다.

"내 공간에 들어와 있는 게 어느새 너무나 자연스러워졌으니까."

처음에는 부담스러웠고, 나중에는 의심이 들었다.

결혼을 안 할 생각인 건 아니었지만 유하성은 이왕이면 사랑하는 여인과 혼례를 올리고 싶었다.

그래서 네 사람을 밀어낸 것도 있었다.

아주 오래전부터 유하성이 가슴에 품어 온 소망 중 하나가 그것이었으니까.

정략결혼은 애초에 생각해 본 적도 없었다.

사실 혼인도 할 수 있을지 장담하지 못했었고.

"더는 의심하지 않아."

유하성의 목소리에는 흔들림이 없었다.

또 더는 의심하지 않았다.

네 사람 다 너무나 좋은 사람이라는 걸 이제는 확실하게 알 수 있어서였다.

그런데 하나의 산을 넘자 또 다른 산이 나타났다.

"으음!"

그는 혼자인데 여인들은 무려 네 명이라는 점이었다.

그것도 평범한 가문도 아니고 하나같이 명문세가의 여식들이었다.

누군가는 배부른 고민이라고 할지 모르겠지만 유하성에게는 더없이 심각한 문제였다.

한 명을 고르기가 너무나 어려워서였다.

"방법이 아예 없는 건 아니지만……."

유하성이 말끝을 흐렸다.

모든 문제가 그렇듯 해결책도 있었다.

하지만 안타깝게도 완벽한 해결책은 아니었다.

때문에 유하성은 섣불리 결정을 내릴 수가 없었다.

"마음이 열리기는 했지만 누구를 가장 많이 좋아하는 건 아니니까."

유하성은 외모로 사람을 판단하는 사람이 아니었다.

세간에서는 남자는 능력, 여자는 외모라고 하지만 유하성의 생각은 달랐다.

중요한 건 능력도 외모도 아니었다.

서로가 마음이 있느냐, 또는 잘 맞느냐가 중요했다.

물론 이 또한 정답은 아니겠지만 적어도 유하성의 생각은 이랬다.

중요한 건 그 자신의 마음이었지 다른 사람들의 생각이 아니었다.

"언니!"

그때 살짝 열린 창문의 틈 사이로 익숙한 목소리가 들렸다.

바로 제자인 이소향의 목소리였다.

그 소리에 유하성은 자기도 모르게 무형지기를 일으켜 창문을 활짝 열었다.

푸히히힝!

이소향 혼자만 있는 게 아닌지 투레질 소리도 들렸다.

그리고 익숙한 기척들도.

스윽.

그걸 느끼자마자 유하성은 자리에서 일어났다.

이윽고 창밖의 풍경이 두 눈 가득 들어왔다.

환하게 웃고 있는 이소향과 제갈령령, 황주연, 남궁희수, 서문예지의 모습이 말이다.

그리고 주변에는 흑풍과 예쁜이를 비롯한 말들이 한가로이 풀을 뜯고 있었다.

섬서성 북쪽에 위치한 낙천현(洛川縣) 인근의 평야에 화산파를 중심으로 한 백도무림의 전력이 모이기 시작했다.

전장으로 이곳을 선택한 것이었다.

근본이 마적단 출신인 백랑성에게 유리한 지형이었으나 백도무림의 수뇌부는 이곳을 전장으로 택했다.

조금 불리한 건 사실이나 산에서 싸우는 것보다는 낫다고 생각해서였다.

"나쁘지 않아. 일단 탁 트여 있어서 지휘하기에도 용이하고. 게다가 평야지대인 건 맞지만 물이 많아 말들이 전력질주하기에는 썩 좋지 않지. 군데군데 야트막한 산도 있고."

"마적단 출신이긴 해도 전부 다 말을 타고 있는 건 아니니까."

"그렇지. 다만 문제는 숫자가 예상했던 것보다 많다는 점

무당
패왕
武當霸王

인데.”

곧 있으면 피로 뒤덮일 전장을 바라보며 이춘상이 턱을 쓰다듬었다.

대막의 패자라는 별칭답게 백랑성 본진의 숫자는 어마어마했다.

무인들의 전쟁에서 숫자가 절대적인 힘을 발휘하지는 않지만 그래도 위협이 되는 건 사실이었다.

절대고수라고 해서 지치지 않는 건 아니었으니까.

“나도 예상외이긴 해. 기습이 없던 것도 그렇고.”

“의미 없다는 걸 깨달은 거겠지. 애초에 기습 공격 자체가 상대방이 모를 때 해야 위력이 극대화되니까.”

“달리 말하면 정면 승부로도 이길 자신이 있다는 뜻이겠지.”

“흥!”

이춘상이 콧김을 내뿜었다.

분명 백랑성을 끌어들인 흑점과 귀단문의 전력은 무시하지 못할 정도였다.

그러나 이곳에 모인 전력 역시 만만치 않았다.

지난 시간 동안 소실된 전력을 복구하기 위해 모두가 노력했고 말이다.

“근데 넌 개방도가 모여 있는 곳으로 가야 하지 않아? 현광도 지휘하러 화산파 진영으로 갔는데.”

"난 사부님이 계시니까. 그리고 우리는 타구진도 자유분방해서 딱히 숫자나 위치에 얽매이지 않아. 그게 타구진의 가장 큰 장점이자 매력이지."

"뭐, 알아서 해."

유하성은 더 이상 권하지 않았다.

이리 자신한다면 그 이유가 있을 거라고 생각해서였다.

그리고 저번 번천회와의 대회전 때도 이춘상은 자기 마음대로 날뛰었었다.

"슬슬 보입니다."

유하성이 있는 곳은 무당파의 진영이었기에 그의 뒤로는 원일과 원상, 원호, 원경이 있었다.

그런데 눈빛이 하나같이 살벌했다.

"이번에는 확실하게 끝을 내자고. 다시는 또 이딴 짓을 저지르지 못하게."

"예."

대답은 원일이 했지만 그뿐만 아니라 모여 있던 무당파 제자들의 눈빛이 결연해졌다.

전쟁이라기보다는 다들 복수전으로 생각하는 듯했다.

그래서인지 백도무림 진영에서 가장 살기가 짙은 곳은 화산파의 제자들이 모여 있는 곳이었다.

얼마 전에 전투를 치러서 그런지 다들 무시무시한 살기를 피워 올리고 있었다.

두두두두!

말을 타고 달려와서 그런지 거리가 가까워질수록 땅에서 진동이 느껴졌다.

워낙에 많은 숫자가 한 번에 달려오니 지축이 뒤흔들리는 것이었다.

하지만 그렇다고 해서 겁먹는 이는 아무도 없었다.

단순 숫자로는 두 배 이상 차이가 났지만 백도무림의 기세는 백랑성과 흑점, 귀단문 연합에 뒤지지 않았다.

"가자!"

먼지구름과 함께 백랑성의 무리가 어느 정도 가까워지자 백도무림도 움직였다.

시작은 하나같이 장대한 체구를 지닌 하북팽가와 황보세가였다.

타고난 신력을 보여 주겠다는 듯이 두 가문은 선봉장에 서서 미리 준비한 바위들을 내던지기 시작했다.

기마대의 무서움을 철기방이 보여 주었기에 선두의 돌격을 방해하기 위해서였다.

부웅! 부우웅!

거기에 산동악가를 비롯하여 힘 좀 쓴다는 무인들이 전부 합세했다.

주변의 바위를 투석기처럼 집어 던졌던 것이다.

하나하나가 인간 투석기라 불러도 이상하지 않을 지경이

었다.

그러나 더 놀라운 건 무인의 자긍심으로 똘똘 뭉친 이들이 이런 지시를 아무런 불만 없이 따른다는 점이었다.

쾅! 쾅!

예전이었다면 제아무리 상관의 지시라고 하더라도 따르지 않았을 터였다.

이건 무인다운 싸움이 아니었으니까.

하지만 번천회와의 전쟁 후 많은 이들의 생각이 달라졌다.

비무나 대련과 전쟁은 완전히 다르다는 사실을 많은 이들이 깨달았던 것이다.

"전부 던져! 지칠 때까지 던져라!"

"으랏차!"

무인으로서 정정당당한 대결을 해야 하는 건 당연했다.

그러나 상대 쪽에서 비겁한 수를 쓰는데 그것에 순순히 당해 주며 정정당당하게 싸우는 건 어리석고 미련한 짓이었다.

물론 그렇다고 해서 똑같이 해서는 안 되었다.

하나 적당한 융통성은 필요했다.

쿠우웅! 쿠쿵!

그 결과가 바로 지금의 모습이었다.

더욱이 수적으로 열세이기에 거구의 무인들은 인간 투석기가 되는 걸 부끄러워하지 않았다.

어떻게 보면 검이나 바위나 똑같은 도구였다.

"적들의 전열이 흐트러졌다!"

"지금이다! 전부 쓸어버려라!"

하늘에서 우박처럼 떨어져 내리는 다양한 크기의 바위들로 인해 백랑성이 자랑하는 돌격대는 힘을 잃었다.

피하거나 파괴하면서 가장 큰 장점인 속도를 잃어버렸던 것이다.

그리고 그 틈을 백도무림은 놓치지 않았다.

특히 최근에 백랑성에게 당한 천강은 흉신악살과도 같은 표정으로 검을 뽑아 들고서 자하신공을 극성으로 일으켰다.

"모조리 쓸어버려라! 단 한 놈도 놓치지 마라!"

수적으로는 불리했으나 기세는 그렇지 않았다.

더욱이 사기 역시 그 어느 때보다 높았다.

다들 복수심에 불타올라서는 진격했다.

"우리도 가자고."

"그래."

뒤이어 이춘상과 함께 유하성도 몸을 날렸다.

빠르게 번져 가는 격전지로 향했던 것이다.

그 뒤로 무당파와 남궁세가, 제갈세가, 개방의 무인들이 뒤따랐다.

이춘상이 앞장서지 않으니 개방도들이 알아서 따라온 것이었다.

콰직!

전장에 도착한 유하성은 오직 정면만 바라봤다.

달려드는 적들만 신경 쓰는 것이었다.

뒤에서는 무당파의 제자들이 받쳐 주었기에 유하성은 우직하게 정면에서 달려드는 적들을 쓰러뜨렸다.

"죽어라!"

유하성의 얼굴을 모르는 백랑성의 무인 하나가 말을 탄 채로 창을 휘둘렀다.

나름 중간 간부는 되는 모양인지 창날에는 강기가 서려 있었으나 유하성은 그걸 가볍게 피하고는 발끝으로 말의 다리를 툭 건드렸다.

"흐헙!"

그러자 서 있던 말이 휘청거렸다.

다리가 순식간에 부러지며 균형을 잃은 것이었다.

그로 인해 백랑성의 무인 역시 덩달아 휘청거렸고 유하성은 그 틈을 놓치지 않았다.

빠각!

순간적으로 균형을 잃은 백랑성도의 창대를 낚아채서 잡아당기고는 그대로 두개골을 빠개 버렸던 것이다.

겉으로 보기에는 멀쩡하지만 이마가 아작 나며 뇌가 곤죽이 된 백랑성도가 무기력하게 허물어졌다.

퍼퍼퍼펑!

반면에 유하성의 주변에서는 온갖 폭발과 굉음이 휘몰아

쳤다.

어디서 구한 건지 이춘상이 길쭉한 작대기 하나를 쥐고서 백랑성도들을 무참히 도륙하고 있었고, 그 뒤로는 개방도들이 열심히 타구봉을 휘둘렀다.

언뜻 보기에는 마구잡이로 휘두르는 것 같았지만 유하성은 알았다.

저 모습이 개방이 자랑하는 진정한 타구진의 모습이라는 걸 말이다.

"녀석."

심지어 그 최전방에는 이춘상이 있었다.

제 마음대로 싸울 거라는 말과 달리 이춘상은 가장 앞에서 누구보다 용맹하게 싸우는 중이었다.

간간이 뒤를 돌아보며 개방도들을 신경 쓰면서 말이다.

'그건 나도 마찬가지인가.'

유하성이 시선을 힐끔 돌렸다.

눈앞에 톱날처럼 생긴 거치도가 스쳐 지나갔지만 유하성의 동공은 흔들리지 않았다.

정확하게 현재 상황을 인지하고 있었기에, 거치도가 움직이는 궤적을 완벽하게 예상했기에 유하성은 조금도 긴장하지 않았다.

오히려 보지도 않고서 거치도를 흘려 내며 오른손을 움직였다.

"으, 으어억!"

한 줄기 미풍처럼 부드럽게 턱 밑으로 쇄도하는 유하성의 손에 거치도를 들고 있던 백랑성도가 경기를 일으켰다.

미처 반응하기도 전에 손이 파고들어서였다.

하지만 그의 생각은 더 이상 이어지지 못했다.

뚜둑!

턱 밑에서 찌릿한 감각이 느껴지기 무섭게 눈앞이 캄캄해지며 생각이 끊어졌다.

바로 즉사한 것이었다.

스슥!

물 흐르듯이 자연스러운 움직임으로 한 명을 처치했으나 유하성의 시선은 그에게 향해 있지 않았다.

이 정도 무인은 눈 감고도 상대할 수 있었기에 유하성은 빠르게 무당파 제자들을 살폈다.

사질들을 믿지만 그래도 걱정이 되어서였다.

까가가강!

다행히 일대제자들은 원일을 중심으로 태극진을 이루며 싸우고 있었다.

혼자서도 잘 싸울 수 있지만 유하성은 그러지 말라고 했다.

전투가 언제까지 이어질지 아무도 몰랐기에 최대한 체력을 보존하는 방향으로 싸우라고 했고, 그 방법이 합격진이었다.

혼자보다는 둘이 같이 싸우는 게 위력도 위력이지만 내공과 체력을 효율적으로 사용할 수 있었다.

"비켜라!"

거기다 장로들의 활약까지 합쳐지자 무당파가 맡은 전선은 흔들림이 없었다.

일대제자들이 태극진으로 전선을 유지하고 장로들이 적들을 유린하니 부상자가 확연히 줄었다.

"좋아."

자존심을 버리고서 함께 싸우는 일대제자들의 모습에 유하성이 흡족한 미소를 지었다.

승리하는 것도 중요하지만 그 못지않게 중요한 게 피해를 최소화하는 거라고 유하성은 생각했다.

상처뿐인 승리가 얼마나 덧없는지를 잘 알았기에 유하성은 다시 전방으로 시선을 옮기며 땅을 박찼다.

전선이 잘 유지되니 이제 본격적으로 움직일 작정이었다.

"여기 패왕이 있다!"

"패왕을 잡아라!"

"이거 영광인데. 대막의 무인들이 날 알아보다니."

유하성이 씨익 웃었다.

한 명이 그의 이름을 외치기 무섭게 사방에서 강자들이 모여들기 시작했다.

색랑과 비교해도 크게 뒤떨어지지 않는 이들이 말이다.

게다가 그들은 혼자가 아니었다.

"패왕의 목은 내가 갖겠다!"

"닥쳐라! 패왕은 나, 범랑(犯狼)의 것이다!"

"어림없는 소리!"

별호뿐만 아니라 진짜 늑대들처럼 우르르 몰려드는 모습에 유하성은 땅을 박찼다.

강자들을 자신에게로 끌어모으기 위해서였다.

그가 강자들을 상대하면 그만큼 무당파의 제자들에게 여유가 생기기에 유하성은 도리어 적진으로 파고들었다.

"꾸엑!"

"컥!"

물론 무작정 달리기만 하지는 않았다.

양손에 닿는 적들을 가격했다.

빠르게 이동하는 게 주목적이었기에 지금까지처럼 확실하게 처리하지는 못했으나 중요한 건 피해를 누적시킨다는 것이었다.

부상자가 많아질수록 무당파와 백도무림으로서는 이득이었으니까.

"어딜!"

다만 백랑성의 무인들도 순순히 당하지만은 않았다.

척박한 대막에서 산전수전을 다 겪은 무인들이 백랑성도

들이었다.

일대일보다는 다수로 공격하는 데 익숙한 그들이니만큼 유하성의 움직임이 심상치 않자 밧줄을 던졌다.

우선은 표홀한 움직임부터 봉쇄할 작정이었다.

쉬이익! 쉬익!

상대가 날래다면 그것부터 봉쇄하는 게 사냥의 기본이었다.

그리고 사냥이라면 이골이 난 게 백랑성의 승냥이들이었다.

그 사실을 증명하듯 사방팔방에서 유하성에게 밧줄을 던졌다.

실패하더라도 상관없다는 듯이 일단 던지고 보자는 식으로 잔뜩 던졌던 것이다.

스스슥!

그러나 조준도 하지 않고 던진 밧줄에 당해 줄 유하성이 아니었다.

숫자가 많긴 하지만 그렇다고 피하지 못할 정도는 아니었다.

게다가 유하성에게는 이용할 게 많았다.

"어어?! 어?!"

허공을 빼곡하게 채우는 밧줄을 유하성은 단순히 피하기만 하지 않았다.

가장 가까이에 있던 적 하나를 덮치듯이 움켜잡고는 그대로 허공으로 던졌다.

그 대신 먹이로 던져 버렸던 것이다.

"멍청한 새끼!"

"아오!"

눈 깜짝할 새에 허공에 붕 떠 있는 자신의 상태에 애꾸눈이 하나뿐인 눈을 껌뻑거렸다.

동시에 사방팔방에서 온갖 욕이 난무했다.

그는 잡힌 죄밖에 없건만 온갖 욕이란 욕은 다 먹었던 것이다.

"으아악!"

근데 다행스럽게도 욕을 먹는 건 그 혼자만이 아니었다.

유하성이 손에 잡히는 족족 애꾸눈과 마찬가지로 허공에 집어 던졌던 것이다.

"이익!"

얄미울 정도로 영악하게 빠져나가는 모습에 백랑성도들의 얼굴에 짜증이 서렸다.

동료들을 이용하는 것도 얄미운데 밧줄이 스치지도 않아서였다.

"에잇! 전부 비켜!"

촤라라락!

그 모습에 백랑성의 서열 팔십일 위의 추랑(追狼)이 버럭 소리를 질렀다.

부하들이 하는 꼴을 보니 답답하기 그지없어서였다.

결국 보다 못한 그가 쇠사슬을 던졌다.

철두철미한 성격의 소유자답게 추랑은 다양한 장비를 말에 싣고 다녔는데 그중에는 쇠사슬도 있었다.

"옳지!"

"저거라면 닿을 거야!"

"놓쳐도 상관없지!"

"우리가 잡으면 되니까!"

추랑이 나서자 여기저기에서 반색한 목소리가 들려왔다.

쇠사슬에 걸리면 좋고, 실패해도 상관없었다.

추랑의 쇠사슬을 피하느라 유하성의 움직임이 흔들린다면 그것만으로도 이득이었다.

스으윽!

밧줄과는 비교도 안 되는 속도로 쇠사슬이 쇄도했으나 유하성은 여유롭게 피했다.

단순히 빠르다고 해서 피하지 못할 건 없어서였다.

더욱이 보법이라면 무당파의 누구보다 자신이 있는 게 유하성이었다.

"흥!"

유려한 몸놀림으로 쇠사슬을 피해 내는 유하성의 모습에 추랑이 콧김을 내뿜었다.

그러고는 양팔을 크게 흔들었다.

쇠사슬을 피했다고 해서 끝이 아니었다.

추랑은 허공에서도 쇠사슬을 자유자재로 다루는 실력자였

기에 이내 쇠사슬을 비틀면서 잡아당겼다.

쉬이익!

그러자 마치 뱀처럼 쇠사슬이 영활하게 움직이며 허공을 선회했다.

추랑의 진기를 잔뜩 머금고서 유하성의 등 뒤로 맹렬하게 파고들었던 것이다.

한데 유하성을 노리는 건 추랑의 쇠사슬만이 아니었다.

"쏴!"

"다리를 노려!"

밧줄이 통하지 않자 백랑성도들은 방법을 바꿨다.

몇몇은 가지고 다니던 소궁(小弓)으로 화살을 쏘거나 혹은 비수나 단검을 던졌다.

어떻게든 유하성의 기동력을 봉쇄하려는 것이었다.

"흐음."

사위는 물론이고 허공에서도 떨어져 내리는 비수에 유하성이 멈칫거렸다.

어디를 봐도 마땅히 피할 곳이 보이지 않아서였다.

하지만 표정 어디에서도 난감한 기색은 보이지 않았다.

오히려 유하성은 씨익 웃었다.

후우우웅.

그러더니 제자리에서 천천히 양손을 움직이기 시작했다.

절체절명의 순간과는 어울리지 않는 느릿한 움직임에 추

랑의 입가에 비릿한 미소가 맺혔다.

그의 눈에는 유하성이 모든 걸 포기한 것처럼 보여서였다.

'하긴! 제깟 놈이라고 별수 있을까! 고수라고 해도 피육으로 이루어진 인간이라는 건 다 똑같다!'

전대의 백랑성주 역시 대막을 호령하던 절대고수였다.

그러나 절대고수라고 해서 죽지 않는 건 아니었다.

무지막지하게 강하긴 하나 머리와 심장에 칼이 박히면 죽는 건 삼류무사와 똑같았다.

그렇기에 추랑은 제아무리 패왕이라도 수십 명의 협공에는 별다른 도리가 없을 거라고 생각했다.

투웅.

"어?"

말도 안 되는 광경을 두 눈으로 직접 보기 전까지는 말이다.

사방에서 쏟아지는 온갖 공격들은 마치 보이지 않는 벽에 막힌 듯 유하성의 주변에서 튕겨졌다.

차라리 호신강기를 일으켰다면 이해했을 것이었다.

하지만 장담컨대 유하성은 호신강기를 펼치지 않았다.

터터터텅!

한데 모든 걸 튕겨 냈다.

양손이, 양팔이 닿지 않는 등 뒤에서 날아오는 단검과 비수, 화살 들도 모조리 튕겨 냈다.

그 광경에 추랑은 물론이고 협공했던 모든 이들이 입을 쩍 벌렸다.

두 눈으로 보고도 믿기지 않은 광경에 당황한 것이었다.

쿠웅!

그런 그들을 향해 유하성은 선물을 주었다.

태극권으로 일으킨 거대한 흐름을 이용해 날아온 것들을 주인에게 되돌려주었던 것이다.

퍼퍼퍼퍽!

"크헉!"

"꺽!"

날아갔던 속도보다 더 빠르게 되돌아오는 화살과 비수 들에 백랑성도들이 비명을 질렀다.

동시에 사방에서 핏줄기가 솟구쳤다.

유하성을 노렸다가 도리어 자신들이 당한 것이었다.

"이익!"

물론 모두가 다 그런 건 아니었다.

추랑을 비롯해서 백랑성에서 랑(狼)의 칭호를 받은 이들은 유하성의 반격에 당하지 않았다.

각자가 이룩한 무공이 기본적으로 일정 수준 이상은 되어서였다.

다만 생각지도 못한 반격에 당황한 것은 사실이었다.

덥석!

그래서 유하성은 다시 한번 알려 주었다.

武當霸王
무당
패왕

어째서 자신이 중원무림에서 패왕이라 불리는지를 말이다.

"이걸 원한 거 아니었던가?"

"어?"

추랑의 입에서 새된 목소리가 흘러나왔다.

보이지 않는 기류에 휘말려 애먼 곳으로 미끄러졌던 그의 쇠사슬을 유하성이 붙잡아서였다.

그러나 놀랄 일은 이제부터가 시작이었다.

부우우웅!

육안으로 보기에는 가볍게 움켜쥔 듯했는데 실상은 달랐다.

유하성의 끌어당김에 추랑은 속절없이 허공으로 떠올랐다.

당황한 나머지 아무런 반항도 하지 못하고 끌려갔던 것이다.

그리고 그게 패착이었다.

"으아아악!"

단숨에 추랑을 떠 올린 유하성은 그대로 쇠사슬을 휘둘렀다.

그를 마치 유성추처럼 사용했던 것이다.

"피, 피해!"

"머저리 같은 녀석!"

그냥 유성추라 해도 사용하는 이가 유하성이라면 위험하기 짝이 없는데 하물며 사람이었다.

크기와 무게가 유성추와는 비교도 할 수 없는 만큼 위력 역시 막강했다.

거기다 더 문제인 것은 날아다니는 게 추랑인 만큼 섣불리 공격할 수 없다는 점이었다.

특히 그의 수하들은 아예 움직이는 걸 멈춰 버렸다.

퍼퍼퍼퍽!

그로 인해 다른 이들만 죽어 나갔다.

백랑성도들이야 추랑으로 인해 망설이지만 유하성은 그렇지 않았다.

거리낄 게 전혀 없었기에 유하성은 쇠사슬을 막 휘둘렀다.

"이미 늦었어!"

"빨리 보내 주는 게 도와주는 거다!"

그 모습에 결국 추랑과 비슷한 서열의 무인들이 나섰다.

이대로 가만히 있어 봤자 죽도 밥도 되지 않아서였다.

사실 지금 추랑이 붙잡고 있는 쇠사슬만 놓아도 모든 문제는 해결되었다.

그런데도 놓지 않는다면 그럴 수밖에 없는 이유가 있을 터였다.

"도, 도와줘! 나 아직 살아……!"

푸욱!

확 달라진 분위기에 추랑이 다급하게 입을 열었다.

몸은 의지대로 움직일 수 없어도 입은 아니었다.

그래서 추랑은 다급한 목소리로 도움을 청했다.

하지만 안타깝게도 그의 간절한 요청은 이루어지지 않았다.

"거참 되게 앵앵대네. 약하면 뒈져야지. 네가 입에 달고

武當霸王
무당
패왕

살던 말이잖아?"

"너, 넌……!"

추랑의 두 눈이 부릅떠졌다.

한 자루 창이, 그에게는 너무나 익숙한 창이 복부를 꿰뚫고 있어서였다.

그의 바로 아래 서열인 팔십이 위 견랑(犬狼)의 애병이었다.

개를 닮은 생김새처럼 추악한 짓도 서슴없이 하는 그가 대표로 나서서 추랑의 몸에 창을 꽂은 것이었다.

"마지막은 그래도 다른 사람들에게 도움이 되어야지?"

"이 씨발 새끼가……!"

"그 말도 마지막이라고 생각하니까 들을 만한데. 아니, 조금 아쉽다고 해야 하나?"

"네놈도 뒈질 거다!"

"그건 모르는 거고."

부우욱!

추랑과는 악연이 있는 견랑이 히죽 웃으며 창을 내리그었다.

그냥 뽑아도 되는데 일부러 사타구니까지 찢어 버린 것이었다.

"끄아아악!"

생살이 꿰뚫린 것도 고통스러운데 아예 찢어 버리자 추랑이 비명을 질렀다.

몸이 반으로 갈라지는 고통에 신음이 절로 나왔던 것이다.

"어?"

그런데 그게 꼭 나쁜 일만은 아니었다.

견랑이 추랑에게 해코지하는 사이 유하성은 은밀히 쇠사슬을 움직였다.

추랑이 그렇게 놓고 싶었으나 놓지 못했던 쇠사슬을 조용히 풀어서 견랑에게 접근시켰던 것이다.

그러다가 쇠사슬의 끝이 견랑의 발끝에 닿을락 말락 할 때 벼락같이 움직였다.

푹!

아래서부터 위로 솟구치게 만들었던 것이다.

그 결과 견랑은 속수무책으로 쇠사슬에 꿰뚫렸다.

"끄으으!"

사타구니에서부터 파고든 쇠사슬은 단숨에 정수리를 꿰뚫고 나왔다.

그러나 백랑성도들은 그 처참한 광경보다 견랑이 느꼈을 고통에 몸을 부르르 떨었다.

어떤 고통일지 능히 짐작이 가서였다.

"정신 차려!"

"쉴 틈을 주지 마라!"

제96장 권랑왕拳狼王

하지만 적막은 짧았다.

몇몇 이들이 퍼뜩 정신을 차리고는 호통을 친 덕분이었다.

그러나 그들보다 유하성의 움직임이 훨씬 더 빨랐다.

고함이 터지기 전에 유하성의 쇠사슬은 움직였고, 주변의 백랑성도들을 동강 냈다.

투두두둑.

쇠사슬에 공력을 실어 은사처럼 예리하게 만들어 백랑성도들의 허리를 절단 낸 것이었다.

검기 수준의 공력이었으나 워낙에 순식간에 펼친 공격이었기에 백랑성도들은 제대로 반응하지도 못한 채 즉사했다.

"뭣들 하는 거냐! 달려들어! 공격 자체를 하지 못하게 만들란 말이다!"

"예에!"

순간적으로 정신 줄을 놓았던 백랑성도들이 화들짝 놀라며 유하성에게 달려들었다.

특히 추랑과 견랑의 수하들이 가장 살기등등했다.

섬기는 이를 잃었기에 다들 이성을 잃은 것이었다.

그리고 그런 이들을 랑(狼)의 칭호를 가진 이들은 이용했다.

"계속 달려들어! 저놈도 인간이다! 때리고 때리면 죽게 되어 있어!"

"공격해!"

압도적인 무위를 보여 주었다고 하나 유하성도 사람이었다.

계속 싸우다 보면 지칠 수밖에 없었다.

백랑성의 무인들은 바로 그 점을 노렸다.

하지만 세상일은 꼭 상식적으로만 흘러가지 않았다.

"저놈이 패왕인가 보군."

"맞소."

"확실히 난놈은 난놈이야. 혼자서 그렇게 날뛸 줄이야."

다른 말보다 족히 두 배는 더 큰 거 같은 말 위에 앉은 중년인이 흥미로운 눈빛으로 어느 한 곳을 응시했다.

바로 유하성이 싸우고 있는 곳이었다.

"저 녀석은 반드시 잡아야 하오. 지금 이 자리에서 죽이지 못하면 앞으로 내내 걸림돌이 될 것이외다."

"된통 당했다더니, 확실히 원한이 깊긴 깊은 모양이야."

"……정확하게 말하자면 당한 건 귀단문이오."

"후후!"

흑점주의 말에 중년인이 피식 웃었다.

말과 달리 흑점주의 두 눈에는 살기가 가득해서였다.

당장이라도 유하성을 찢어 죽이고 싶은 눈빛이라고나 할까.

하지만 마음과 달리 흑점주는 유하성을 향해 달려들지 않았다.

'아니. 정확하게는 달려들지 못하는 거지.'

중년인이 비릿하게 웃었다.

그는 백랑성의 주인이며 대막의 패자였으나 십천주들과 유하성의 악연에 대해서 제법 상세히 알고 있었다.

잘 알지도 못하는 상대와 손을 잡을 정도로 그는 어리석지 않았다.

그래서 그는 번천회와 중원수호맹에 대한 모든 걸 알아봤다.

'혼자서는 패왕을 쓰러뜨릴 수 있다 장담할 수 없으니까.'

귀단문주는 십천주들 중 가장 강했다.

그리고 소문주 역시 강했다.

웬만한 십천주들은 소문주의 상대가 안 될 정도로 말이다.

게다가 유하성은 소문주를 상대하기 전 녹림십팔채의 총표파자까지 쓰러뜨렸다.

'지지는 않겠지만, 자신할 수도 없겠지.'

중년인의 미소가 짙어졌다.

옆에 있는 흑점주의 무위에 대해서는 세간에 알려지지 않았다.

하오문주와 마찬가지로 세상에 모습을 드러낸 적이 거의 없어서였다.

그러나 그에게는 보였다.

'희박해.'

비밀스러운 행보만큼이나 흑점주는 자신의 무위를 꼭꼭 숨겼다.

정작 본인은 다른 이의 무위에 누구보다 관심이 많으면서 말이다.

하지만 아무리 꼭꼭 숨긴다고 해도 높은 곳에서는 아래가 훤히 다 보이는 법이었다.

그래서 중년인에게는 보였다.

'본인도 그걸 아니까 섣불리 나서지 않고 날 찾아온 거겠

지.'

함께 온 귀단문의 무인도 분명 강자였다.

백랑성에서 그를 제외하면 가장 강하다는 열 명의 낭왕들조차도 함부로 대하지 못할 정도로 말이다.

그러나 둘 다 혼자서는 유하성을 상대로 승리를 장담하기 힘들었다.

'확실히 대단하긴 하단 말이지.'

유하성의 손짓 한 번에 열댓 명의 백랑성도들이 튕겨졌다.

대부분이 즉사했고 운 좋은 몇 명은 숨을 쉬기는 했으나 전투 불능 상태였다.

그 정도로 유하성은 강했다.

'같이 다니는 거지새끼도 제법이고. 갑자기 툭 튀어나온 녀석도 있고.'

중년인의 시선이 이춘상과 현광에게 닿았다.

두 사람의 실력도 상당해서였다.

유하성만큼은 아니지만 살려 둔다면 향후 귀찮은 존재가 될 가능성이 높았다.

"계속 지켜보기만 할 것이오?"

상념이 길었던 것일까.

흑점주가 불편한 심기가 가득 담긴 어조로 입을 열었다.

"나는 최선을 다하고 있다고 생각하는데. 오히려 움직이지 않는 건 그쪽들 아닌가?"

"우리도 곧 나설 것이오. 그래서 말하는 거고. 같이 움직이자고 말이오."

"자신은 있고? 저쪽도 사기가 만만치 않은 것 같은데."

여유롭게 팔짱을 끼고서 중년인이 눈짓으로 전방을 가리켰다.

정확하게는 백도무림의 핵심들이 모여 있는 곳을 말이다.

그의 시선이 가리킨 곳에는 화산무제를 비롯해서 취선과 무당검선, 검제가 있었다.

"모두가 힘을 합친다면, 이길 수 있소이다."

"하하하하."

결연한 표정으로 말하는 흑점주를 보며 중년인이 웃음을 터트렸다.

속을 알 수 없는 웃음에 흑점주가 왜 그러냐는 눈빛으로 쳐다봤다.

하지만 중년인은 곧바로 대답하지 않았다.

"우리는 준비가 되었소."

그 모습에 귀단문도 중 가장 직급이 높은 노인이 입을 열었다.

지금껏 조용히 있다가 갑자기 말을 했던 것이다.

"우리도 출전할 수 있소이다."

"그래. 가야지. 여기까지 왔는데 끝은 맺어야지. 이왕이면 승리로 말이지."

"그렇소. 그리고 저들을 쓰러뜨리면 여기 섬서성은 성주의 것이오."

"말은 바로 해야지. 섬서성을 비롯해서 산서성, 하북성, 산동성이 내 것 아닌가?"

"맞소이다."

흑점주가 순순히 고개를 주억거렸다.

약속을 지키지 않을 생각은 없어서였다.

그런데 흑점주가 별말 없이 인정했음에도 불구하고 중년인은 묘한 표정을 지었다.

중원을 삼등분해서 가지자고 했으나 중년인은 그 말을 순수하게 믿지 않았다.

'너희들의 속셈을 모를까 보냐.'

중년인은 표정을 가다듬었다.

맹약을 맺었으나 그걸 순진하게 믿지는 않았다.

약속이라는 건 언제든 깨지기 마련이니까.

그리고 반대로 말하면 그가 먼저 깰 수도 있었다.

'이용당하는 건 내가 아니다. 너희들이지.'

중년인이 속으로 웃었다.

흑점주와 귀단문의 노인은 자신들이 그를 이용하는 것이라고 생각하겠지만 실상은 아니었다.

그가 속아 주고 있는 척을 할 뿐이다.

더불어 마지막에 웃는 자는 흑점도, 귀단문도, 하오문도,

혈뇌음사도 아닌 백랑성일 것이었다.

파아앗!

중년인은 그리 생각하며 몸을 날렸다.

백도무림의 수뇌부가 모여 있는 곳으로 향했던 것이다.

그러자 흑점주와 귀단문의 노인도 뒤따라 땅을 박찼다.

"나는 서열 칠십육 위의……."

빠각!

대머리 중년인의 얼굴이 함몰되었다.

말을 다 하기도 전에 유하성의 정권이 작렬한 것이었다.

나름 랑의 칭호를 가진 자였으나 유하성의 상대는 아니었
다.

"저놈도 사람이라면 이제는 지쳤을 거다! 이백 명을 죽이
고도 멀쩡하면 그건 사람이 아니니까!"

"닥치고 너부터 달려들어!"

"뭐라고!"

별호도 모르는 서열 칠십육 위가 죽어서인지, 아니면 이
백 명을 넘게 학살해서인지 이제는 먼저 달려드는 이들이
없었다.

호흡 하나 흐트러지지 않는 유하성의 모습에 다들 기가 질

린 것이었다.

마음 같아서는 도망치고 싶지만 상관이 서슬 퍼런 안광을 흩뿌리고 있기에 백랑성도들은 잔뜩 겁먹은 얼굴로 포위망만 구축하고 있었다.

"버러지 같은 것들. 네놈들이 그러고도 대막의 늑대들이라 할 수 있더냐!"

"으윽!"

그때 공간을 진동시키는 거대한 일갈이 사방에 울려 퍼졌다.

얼마나 목청이 큰지 유하성조차 눈썹을 찡그릴 정도였다.

동시에 지금까지와는 비교도 할 수 없는 존재감이 유하성의 기감에 느껴졌다.

"거물이로군."

"맞아. 나 정도면 충분히 거물이라고 할 수 있지."

저벅저벅.

중후한 목소리와 함께 포위망의 한쪽이 반으로 갈라졌다.

마치 길을 열어 주듯 백랑성도들이 좌우로 물러났던 것이다.

그리고 거구의 장년인이 모습을 드러냈다.

하북팽가나 황보세가의 무인들과 비교해도 크게 뒤떨어지지 않을 정도로 장대한 체구에 구릿빛 피부를 가지고 있었는데 은연중에 풍기는 기도가 아주 거칠었다.

스윽.

그러나 유하성은 장년인을 보고 있지 않았다.

어느새 거리가 제법 떨어져 있는 무당파의 제자들과 친구들을 살펴보고 있었다.

빠직!

그 모습에 장년인의 이마에 힘줄이 돋아났다.

누가 봐도 자신을 무시하는 행동이어서였다.

그래서인지 장년인에게서 흘러나오는 기세가 더욱 흉포해졌다.

"나이가 어려서 그런가. 예의가 없군."

장년인이 유하성을 노려보며 으르렁거리듯이 말했다.

살벌한 안광을 토해 내면서 말이다.

그런데 정작 유하성의 얼굴은 태연했다.

"내 나이가 그렇게 어린 편은 아닌데 말이지. 그리고 목숨을 건 싸움에 나이가 중요한가? 살아남는 게 중요하지."

"아무래도 내가 버릇을 고쳐 줘야 할 것 같군."

쩌엉! 쩡!

비릿한 미소와 함께 장년인이 양 주먹을 가슴 앞에서 부딪쳤다.

마치 들으라는 듯이 강하게 충돌시켰던 것이다.

하지만 그의 위압적인 행동에도 유하성의 표정은 별반 달라지지 않았다.

그저 지그시 바라보기만 했다.

"할 수 있다면."

"크흐흐흐!"

끝까지 건방진 태도로 일관하는 유하성의 모습에 장년인이 괴소를 흘렸다.

그러나 두 눈은 조금도 웃고 있지 않았다.

서늘한 노기를 일렁거리며 오직 유하성만을 바라봤다.

"너희들."

"예, 예!"

"이 건방진 애송이는 내가 데리고 놀 테니 너희들은 다른 곳으로 가라. 석웅, 너는 애들을 데리고 무당파를 공격해라."

"존명."

심복이자 순수 실력만으로는 랑의 칭호를 받아도 이상하지 않을 수족에게 장년인은 명령을 내렸다.

주변에 있던 다른 백랑성도들과는 달리 무당파를 콕 짚었던 것이다.

그러면서 그는 유하성의 표정과 눈빛을 살폈다.

전쟁은 단순한 싸움이 아니었다.

자기 자신만 잘한다고 이길 수 있는 게 아니었으며 비무와 대련 같은 정정당당함을 기대할 수 없었다.

즉 모든 것에 영향을 받고, 영향을 주는 게 전쟁이었다.

"지금은 제법 잘 버티는 듯하지만, 언제까지 버틸 수 있을까. 우리들 낭왕을 비롯해서 성주님까지 나섰는데. 아마 반 시진, 아니 한 식경 후에는 대부분이 시체가 되어 바닥을 나뒹굴고 있을 거다."

곰과 같은 첫인상과 달리 장년인의 혀는 매끄러웠다.

유하성을 심리적으로 뒤흔들었던 것이다.

그리고 이건 전부 다 계산된 행동이었다.

유하성이 무당파의 제자들을 끔찍이 아낀다는 걸 알기에 일부러 신경을 건드리는 것이었다.

"말이 많네."

"크하하하! 그래! 사내라면 역시 말보다는 주먹이지!"

장년인이 파안대소를 터트렸다.

건방지긴 하지만 그래도 일관성이 있어서였다.

그래서 그는 더 기대되었다.

자신의 발아래서 비굴하게 목숨을 구걸할 모습이 말이다.

부아아앙!

잠시 후면 보게 될 그 광경을 떠올리며 장년인은 주먹을 내질렀다.

웬만한 성인 장정의 머리만 한 주먹을 말이다.

스윽.

솥뚜껑만 한 주먹이 크기에 어울리지 않게 벼락같이 쇄도했으나 유하성은 고개만 살짝 틀어서 피했다.

하지만 주먹이 일으키는 바람은 어쩔 수 없었다.

주르륵.

게다가 중년인이 일으킨 권풍은 단순히 묵직하지만은 않았다.

생긴 것과 달리 권풍도 섬세하게 다루는지 유하성의 볼이 얕게 갈라졌다.

권풍이 예리하게 그의 볼을 스치고 지나간 것이었다.

"열 명의 낭왕 중에 주먹질 좀 한다는 낭왕이 하나 있다던데. 그게 당신인 모양이로군."

"맞아. 내가 바로 권랑왕(拳狼王)이다. 운 좋게 왕의 칭호를 얻은 너와 달리 오직 이 두 주먹만으로 대막을 평정했지."

우드드득!

장년인, 권랑왕이 히죽 웃었다.

그러나 얼굴 표정과 달리 분위기는 삽시간에 무거워졌다.

권랑왕이 본격적으로 기세를 일으킨 것이었다.

백랑성에서 단 열 명뿐인 낭왕 중 한 명답게 권랑왕의 기세는 묵직하고 강렬했다.

"크아악!"

"컥!"

"이제 도착했군. 아마 얼마 버티지 못할 거다. 내 부하들 중에는 랑의 칭호를 받아도 이상하지 않을 녀석들이 꽤 되거든."

찢어지는 비명 소리가 들리기 무섭게 권랑왕이 이죽거렸다.

마치 지금 들리는 비명성이 무당파 제자들의 것이라는 것처럼 말이다.

하지만 유하성은 그의 의도대로 움직이지 않았다.

등 뒤를 바라보지 않았던 것이다.

"권랑왕이 아니라 설랑왕(舌狼王)으로 바꿔야 할 것 같은데."

대신 유하성은 땅을 박찼다.

등 뒤의 전투는 사형제들의 몫이었다.

그렇기에 유하성은 믿었다.

그리고 지금 그가 해야 할 일을 했다.

쉬이익!

지금 유하성이 할 일은 눈앞에 있는 권랑왕을 쓰러뜨리는 것이었다.

권랑왕은 그를 붙잡고 있다고 생각하겠지만 그건 유하성 역시 마찬가지였다.

콰아앙!

단숨에 권랑왕에게 접근한 유하성은 일권을 내질렀다.

어디에서나 볼 수 있는 평범한 정권이었다.

그런데 유하성과 주먹을 맞부딪친 권랑왕의 눈썹이 꿈틀거렸다.

호리호리한 체격에 어울리지 않게 주먹이 묵직해서였다.

'그래도 패왕이라 이건가?'

무당파 하면 떠오르는 느낌은 부드러움이었다.

물론 선입견일 수는 있으나 대부분 무당파를 떠올리면 자연스럽게 태극권과 유려함을 떠올렸다.

그래서 권랑왕은 처음 유하성에 대해 들었을 때 의문이 들었다.

무당파와 패왕이라는 별호는 어울리지가 않아서였다.

'하지만 그래 봤자 운 좋게 칭호를 얻은 애송이에 불과하다!'

대막은 이름 그대로 거대한 사막이었다.

척박한 환경에서 살아남기 위해서는 자연스레 강해질 수밖에 없었다.

그리고 그는 그런 대막에서 낭왕의 칭호를 얻은 자였다.

풍요롭고 태평한 대지에서 무공을 수련한 유하성과는 근본부터가 달랐다.

웅웅웅!

그 사실을 권랑왕은 이 자리에서 알려 줄 생각이었다.

왕이라는 칭호가 얼마나 무겁고 영광스러우며 신성시되어야 하는지 말이다.

그래서 권랑왕은 단전의 공력을 가일층 끌어올렸다.

극성까지는 아니더라도 확실하게 힘을 써서 자신과의 격

차를 알려 줄 작정이었다.

'어디 한번 받아 봐라!'

형형한 안광을 뿜어내며 권랑왕이 우악스럽게 쥔 주먹을 있는 힘껏 내질렀다.

단번에 뭉개 버리겠다는 기세로 정권을 내지른 것이었다.

그런데 영롱한 강기를 잔뜩 머금은 그의 주먹이 너무나 부드럽게 미끄러졌다.

투웅.

패도적인 기세를 가득 머금고 쇄도한 주먹이 유하성의 손등에 밀려 애꿎은 허공만 강타했던 것이다.

그 모습에 권랑왕이 순간 당황했다.

아무리 전력을 다하지 않았다고 하나 그래도 구성의 공력을 담은 일격이었다.

그런 일권을 유하성이 너무나 쉽게 흘려버리자 권랑왕은 두 눈을 껌뻑였다.

꾸욱!

하지만 놀란 그의 심정과 달리 몸은 반사적으로 다음 공격을 이어 갔다.

수십 년 동안 축적된 경험이 몸을 이끈 것이었다.

부우웅!

우권이 밀려 남과 동시에 좌권이 재차 유하성의 복부를 노리고 우직하게 파고들었다.

한데 좌권의 주먹 끝이 미미하게 흔들렸다.

권랑왕의 진기를 몸이 주체하지 못하는 게 아니라 어느 방향으로든 따라갈 수 있게 준비하는 것이었다.

즉 유하성이 회피할 경우 즉각적으로 반응할 수 있게 대비하는 것이었다.

스윽.

"흥!"

역시나 예상대로 유하성은 지금껏 보여 주었던 대로 딱 필요한 만큼만 움직였다.

최소한의 움직임으로 간결하게 그의 권역에서 빠져나갔던 것이다.

그러나 권랑왕은 그리 움직일 걸 알고 있었다.

슈아아앙!

옆으로 딱 한 걸음을 움직였으나 실제로 이동한 거리는 꽤됐다.

권강이 주먹을 넘어 팔뚝을 뒤덮고 있는 만큼 위력이 미치는 범위가 상당해서였다.

그런데 권랑왕은 유하성이 마치 그렇게 움직일 걸 예상하고 있었다는 듯이 쭉 내질렀던 팔을 옆으로 휘둘렀다.

주먹을 회수하지 않고 그대로 유하성을 밀어 버릴 기세로 팔을 휘두른 것이었다.

투웅!

원래부터 하나의 초식이었다는 것처럼 물 흐르듯이 이어지는 연계 공격이었으나 유하성도 만만치 않았다.

두 팔로 원을 크게 그리며 권랑왕의 팔뚝을 밀어 냈다.

하지만 이번에는 권랑왕도 순순히 당하지 않았다.

오히려 유하성이 일으키는 기류를 역이용하며 팔꿈치를 찍었다.

슈욱!

자연스럽게 팔을 접으며 팔꿈치로 유하성의 머리를 노렸던 것이다.

근접해 있는 상태였기에 더더욱 빠르게 느껴지는 팔꿈치 공격이 송곳처럼 유하성의 콧잔등을 찔렀다.

턱!

한데 놀랍게도 유하성은 코앞에서 이어진 연계 공격을 막아 냈다.

창졸간에 손바닥을 들어 권랑왕의 팔꿈치를 받아 냈던 것이다.

"걸렸군."

그런데 공격이 막혔음에도 권랑왕은 웃었다.

오히려 이렇게 되길 기다렸다는 듯이 히죽 웃더니 그대로 앞으로 나아갔다.

유하성과 접촉이 된 상태로 체중을 이용해 단순무식하게 밀어붙였던 것이다.

"흡!"

그로 인해 유하성이 뒤로 쭉 밀려 났다.

바닥에 깊은 고랑을 만들며 속절없이 밀려 나는 상황에 유하성의 눈썹이 꿈틀거렸다.

권랑왕의 의도가 무엇인지 알 수 있어서였다.

부우웅!

체중과 힘으로 밀어붙여 기동력을 봉쇄한 권랑왕은 유하성의 예상대로 주먹을 내질렀다.

유하성이 막을 수밖에 없는 상황을 만들고는 있는 힘껏 일격을 날린 것이다.

꽈아아앙!

불타오르는 듯한 권강을 잔뜩 머금은 권랑왕의 주먹이 유하성의 가슴을 정확히 노리고서 파고들었다.

피할 수가 없는 상황이었기에 정말 제대로 힘을 실어 정권을 꽂아 넣었다.

근데 문제는 그와 마찬가지로 유하성 역시 손 하나가 남아 있다는 점이었다.

"크큭!"

한데 이번에도 공격이 막혔음에도 권랑왕은 웃었다.

그와 동시에 머리를 내리찍었다.

팔꿈치가 닿아 있을 정도로 가까운 상태였기에 권랑왕은 머리를 망치처럼 아래로 휘둘렀다.

정확히 유하성의 정수리를 노리고서 말이다.

쾅아앙!

하지만 회심의 일격은 안타깝게도 실패했다.

유하성이 임기응변을 발휘해 어깨로 그의 박치기 공격을 튕겨 낸 것이었다.

그리고 유하성의 임기응변은 거기서 끝나지 않았다.

박치기 공격을 펼치면서 잠시 생긴 공백을 유하성은 놓치지 않았다.

퍼퍼퍼퍽!

두 주먹만 주로 사용하는 권랑왕과 달리 유하성은 전신이 흉기였다.

단지 평소에 다른 부위를 사용할 일이 없어 사용하지 않은 것뿐이었다.

태극권은 권법이라 부르지만 엄밀히 말하면 전신을 사용하는 무공이었다.

하나의 흐름을 몸으로 펼치는 것이니만큼 유하성은 발 차기에도 일가견이 있었다.

"큭!"

어깨로 박치기를 받아친 것과 동시에 유하성의 오른발이 폭발하듯 치솟았다.

부지불식간에 칠연격을 권랑왕의 몸에 작렬시켰던 것이다.

정강이에서부터 시작된 발 차기는 순식간에 무릎과 허벅지, 하복부, 가슴, 어깨, 팔뚝을 강타했다.

주춤주춤!

제자리에서, 그것도 거의 붙다시피 한 상태에서 날린 발 차기였음에도 위력은 상상을 초월했다.

튼튼한 몸으로 유명한 권랑왕이 충격으로 인해 뒤로 물러날 정도로 말이다.

터엉!

그러나 뒤이은 공격은 확실하게 막아 냈다.

전광석화처럼 턱을 향해 파고드는 유하성의 발끝을 두 팔을 교차시켜 막았던 것이다.

휘익!

그러고는 재빨리 오른팔을 휘둘렀다.

왼팔에 닿아 있는 유하성의 발을 붙잡기 위해서였다.

발 차기는 팔에 비해 파괴력이 강하지만 단점이 있었다.

동작이 큰 만큼 공격이 실패하면 대가 역시 크다는 점이었다.

'붙잡고서 바로 넘어뜨린다!'

그걸 너무나 잘 알았기에 권랑왕은 두 눈을 흉흉하게 빛냈다.

잠시 밀렸지만 유하성의 발을 잡으면 단번에 이 상황을 뒤집을 수 있었다.

아니, 승부를 결정짓는 게 가능했다.

유하성 같은 유형의 무인에게 한쪽 다리를 사용하지 못한다는 건 치명적일 수밖에 없어서였다.

'잡았다!'

권랑왕의 얼굴에 득의의 미소가 떠올랐다.

계획대로 유하성의 발목을 잡을 수 있어서였다.

한데 그때 한 줄기 섬광이 그의 팔뚝을 강타했다.

쩌적!

유하성의 팔목을 붙잡은 팔에서 익숙한 소리가 들려왔다.

정확하게는 귀로 들리는 게 아니라 몸 안에서 느껴지는 소리였다.

바로 권랑왕에게는 익숙한 뼈에 금이 가는 소리였다.

"크윽!"

수없이 많은 이들의 뼈를 분지르고 박살 냈기에 권랑왕은 듣는 순간 알 수 있었다.

자신의 뼈가 부러지기 직전의 상태라는 걸 말이다.

그와 동시에 반사적으로 손아귀에 힘이 풀렸다.

뼈에 금이 가자 자기도 모르게 유하성의 발목을 놓고 만 것이었다.

터턱.

붙잡히자마자 반대쪽 발로 권랑왕의 팔뚝을 후려친 유하성은 부드럽게 바닥에 착지했다.

하지만 숨 고를 새도 없이 재차 발 차기를 날렸다.

붙잡혔던 발이 땅바닥에 닿자마자 연이어 발 차기를 꽂아 넣었던 것이다.

뻐억!

"흡!"

명치를 노리고서 파고드는 유하성의 일격에 권랑왕이 멀쩡한 왼팔을 들어 가슴을 가렸다.

이번에는 진기를 좀 더 실어서 말이다.

예상치 못한 부상은 미연에 방지해야 했기에 권랑왕은 팔에 힘을 주었다.

더불어 오른팔의 근육을 있는 대로 옥죄었다.

부우웅!

수십 년을 단련한 근육으로 금이 간 뼈를 단단히 옥죈 권랑왕은 그대로 주먹을 내질렀다.

부상을 입은 상태지만 그렇다고 상대를 앞에 두고서 물러날 생각은 없었다.

이보다 더한 상태에서도 끝까지 싸워 이긴 전력도 있었고.

꽈아아앙!

다만 문제는 과거에 상대했던 이들과 유하성이 전혀 다른 인물이라는 점이었다.

더욱이 유하성은 초반과는 달리 싸우는 방식을 바꿨다.

진무 태극권으로 권랑왕의 맹공을 흘려 내던 것과 다르게 이번에는 피하지 않았다.

십단금으로 정면 승부를 걸었던 것이다.

"윽!"

당연히 좀 전처럼 흘려 내거나 혹은 궤적만 살짝 틀어 버릴 거라 예상했던 권랑왕은 불의의 일격을 당했다.

심지어 유하성의 장력에 실린 힘마저 범상치 않았다.

그의 강격을 정면으로 맞받아치고도 아무렇지 않았던 것이다.

오히려 힘 대 힘 대결에서 권랑왕이 밀렸다.

부르르!

거기다 부상까지 입은 상태였기에 권랑왕으로서는 불리할 수밖에 없었다.

근육으로 금이 간 뼈를 잡아 놓는다고 해서 고통이 사라지는 건 아니었다.

말 그대로 임시방편일 뿐이었다.

후우우웅!

거기다 십단금은 이제부터가 시작이었다.

남아 있는 반대쪽 손으로 재차 십단금을 펼치자 묵직한 기파가 권랑왕의 전신을 짓눌렀다.

가히 패왕이라 불러도 모자람이 없을 정도의 패기가 유하성의 몸에서 뿜어져 나왔기에 권랑왕은 이를 악물었다.

마음 같아서는 당장 육박전을 벌이고 싶었지만 지금은 그가 너무 불리했다.

평생을 살아오면서 자존심을 굽힌 적이 몇 없었는데 지금은 어쩔 수 없었다.

평범한 체격과 달리 유하성 역시 강골이었다.

태생적 강골이 아니라 수천, 수만 번 단련해서 만든 후천적 강골 말이다.

'그렇다면 방법을 바꿔야지.'

어금니를 악문 권랑왕은 내공을 극성으로 끌어올렸다.

싸움의 방식이 꼭 육박전만 있는 건 아니었다.

그리고 권랑왕은 자신이 불리하다면 다른 방법을 사용할 용의가 있었다.

지는 것보다는 자존심이 조금 상하는 게 나았다.

웅웅웅!

유하성의 십단금이 쇄도하는 순간 권랑왕의 전신에서 눈부신 빛이 솟구쳤다.

제자리에서 호신강기를 극성으로 일으킨 것이었다.

쩌어어엉!

이윽고 십단금과 호신강기가 충돌하며 폭발과 함께 굉음이 울려 퍼졌다.

또한 후폭풍이 격돌한 지점을 중심으로 사납게 퍼져 나갔다.

하지만 그 무지막지한 후폭풍 속에서도 유하성은 재차 팔을 움직였다.

세 번째 공격을 날렸던 것이다.

쩌저적!

휘몰아치는 후폭풍 속에서도 유하성은 굳건하게 제자리를 지키며 세 번째 일격을 꽂아 넣었다.

그러자 견고하던 호신강기에 균열이 일어났다.

평생 동안 권랑왕이 고련한 내공이지만 유하성의 십단금 역시 오랜 세월 갈고닦은 무공이었다.

더욱이 패도적인 무공으로는 무당파 제일의 무학이 십단금이었다.

퍼퍼펑!

그 결과 네 번째 십단금이 펼쳐졌을 때 호신강기는 결국 산산조각이 났다.

탄탄하게 권랑왕을 지켜 주었던 호신강기가 끝내 박살 난 것이었다.

그런데 그 모습에 유하성이 미간을 좁혔다.

아무리 십단금이 위력적인 무공이라고 하나 권랑왕이 일으킨 호신강기였다.

지금껏 보여 주었던 무위를 생각하면 너무 쉽게 파괴된 감이 없지 않았기에 유하성은 의아했다.

제아무리 단단한 강철도 결국 더 강한 힘에 부서지는 것처럼 이 세상에 완벽한 호신강기는 없다고 하나 그래도 너무

쉽게 부서졌다.

우우웅.

한데 그때 미약한 소성이 들려왔다.

흩어지는 호신강기 안에서 기이한 소성이 들려왔던 것이다.

동시에 권랑왕이 있을 거라 짐작되는 곳에서 가공할 기운이 폭발적으로 솟구쳤다.

지금까지와는 비교도 안 되는 어마어마한 기운이 주변을 잠식해 갔던 것이다.

"가랏!"

권랑왕의 일갈과 함께 짙은 먼지구름을 가르며 눈부신 빛을 내뿜는 수십 개의 강환들이 나타났다.

호신강기로 유하성의 시야를 차단하고서 회심의 일격을 준비한 것이었다.

거기다 폭발로 인해 먼지구름이 일어났기에 유하성으로서는 더더욱 당황할 수밖에 없는 상황이었다.

스슥!

하지만 그럼에도 유하성은 차분한 신색으로 두 팔을 크게 휘둘렀다.

십단금에서 단숨에 태극권으로 넘어간 것이었다.

단순히 막아 내거나 튕겨 내는 게 목적이라면 십단금도 나쁘지 않은 선택이었다.

그러나 유하성이 그리는 그림은 그게 아니었기에 망설이지 않고 십단금을 회수하고 태극권을 펼쳤다.

쌔애애액!

유하성의 양팔이 허공에 부드러운 태극 문양을 그리기 시작한 순간 거의 스무 개에 가까운 강환들이 쇄도했다.

무시무시한 파공성을 토해 내며 유하성을 벌집으로 만들어 버리겠다는 기세로 쏟아졌다.

그런데 그 살벌한 강환들이 유하성의 지근거리에 도달하자 이상해졌다.

단숨에 유하성을 꿰뚫어 버리겠다는 듯이 쇄도했던 강환들의 속도가 갑자기 느려졌던 것이다.

스르르륵.

그뿐만 아니라 강환들의 움직임이 이상했다.

하나같이 무시무시한 기세로 쏟아지던 강환들이 놀랍게도 유하성의 손짓에 따라 움직이기 시작했다.

크게 회전하는 유하성의 손길대로 부드럽게 방향을 틀었던 것이다.

"이익!"

그 광경에 권랑왕의 얼굴이 시뻘게졌다.

듣도 보도 못한 광경도 광경이지만 자신의 의지대로 움직이지 않는 강환들의 모습에 당황한 것이었다.

비록 권강처럼 몸과 연결되어 있지는 않으나 대신 강환들은 그의 심령과 연결된 상태였다.

그런데도 그의 의지와 달리, 아니 유하성의 손짓에 따라 방향을 틀자 권랑왕은 어처구니가 없었다.

부르르르!

그러나 놀람은 잠시뿐이었다.

중요한 건 유하성을 쓰러뜨리는 일이었다.

계획했던 대로 유하성의 몸뚱이에 수십 개의 구멍을 뚫지 못한 건 아쉬웠지만 어차피 죽는 건 똑같았다.

'터져라!'

중요한 건 유하성을 죽이느냐 못 죽이느냐지 어떻게 죽일 지는 사실 크게 중요하지 않았다.

그래서 권랑왕은 유하성의 주변에 있는 강환들을 터트렸다.

가까이 있는 만큼 절대 피할 수 없을 거라고 생각하면서 말이다.

"어?"

한데 생각지도 못한 일이 또다시 벌어졌다.

강환들이 터지긴 터졌는데 정말 쓸모없는 것들만 터졌다.

유하성의 주변에 있는 건 하나도 터지지 않고 거리가 제법 떨어져 있는 것만 터지자 권랑왕이 얼빠진 표정을 지었다.

하지만 그 표정은 얼마 가지 않았다.

쉬이익!

유하성이 방향을 튼 것으로 보이는 강환들이 역으로 그에게 다시 날아와서였다.

주인도 못 알아보고 쇄도하는 강환들의 모습에 권랑왕이 빠르게 정신을 차리고는 두 팔을 크게 휘저었다.

빼앗긴 강환의 지배권을 다시 되찾아오려는 것이었다.

그와 동시에 대체 유하성이 어떻게 지배권을 가져갔는지 의문이 들었다.

스슥!

그러나 그 생각은 더 이상 이어지지 못했다.

권랑왕이 되돌아오는 강환의 지배권을 되찾는 틈을 타 유하성이 접근한 것이었다.

일절 소리도 없이 미끄러지듯이 다가오는 유하성의 모습에 권랑왕은 당황하면서도 동시에 강환을 터트렸다.

산전수전 다 겪은 노련한 무인답게 임기응변을 보여 준 것이었다.

콰콰콰쾅!

오히려 유하성이 스스로 함정에 달려든 꼴에 권랑왕은 히죽 웃었다.

결과적으로는 그의 의도대로 되어서였다.

후우웅!

다만 안타깝게도 권랑왕은 그 이상을 보지는 못했다.

그와 마찬가지로 유하성 역시 호신강기로 강환들의 폭발

을 견뎌 냈다는 걸 알아차리지 못했던 것이다.

심지어 연막작전까지 똑같았다.

"어?! 어!"

강환들이 폭발하기는 했으나 처음에 비하면 그 숫자는 반 정도에 불과했다.

그렇기에 유하성은 호신강기로 강환들을 버텨 내고는 짙은 먼지구름을 이용해 더더욱 거리를 좁혔다.

그런 다음 권랑왕의 지척에 도달했을 때 십단금을 펼쳤다.

당황해서 두 눈을 부릅뜬 권랑왕을 향해서 제대로 말이다.

쩌어어엉!

이윽고 허공에서 유하성의 장심과 권랑왕의 주먹이 충돌했다.

고수답게 놀라운 반사 신경을 보여 주며 유하성의 십단금을 맞받아쳤던 것이다.

하지만 두 사람의 표정은 확연히 달랐다.

특유의 덤덤한 신색의 유하성과 달리 권랑왕의 얼굴은 잔뜩 일그러져 있었다.

"크으윽!"

그뿐만 아니라 권랑왕은 무려 두 걸음이나 뒤로 물러났다.

충격을 완벽히 해소하지 못한 것이었다.

그게 자존심이 상하는지 권랑왕의 눈살은 잔뜩 찌푸려져 있었으나 그런다고 달라지는 건 없었다.

오히려 유하성은 밀려 난 권랑왕에게 재차 달려들어 십단금을 뿌렸다.

꽈앙! 꽝! 꽈앙!

연거푸 펼쳐지는 십단금에 권랑왕의 신형도 계속해서 뒤로 밀렸다.

악을 쓰며 맞받아쳤으나 결과는 달라지지 않았던 것이다.

단전에 남아 있는 공력을 모조리 끌어올렸으나 강환을 펼치면서 소모된 내공이 너무 많았다.

더욱이 양팔이 자유로운 유하성과 달리 권랑왕의 오른팔은 금이 간 상태였기에 제대로 막을 수가 없었다.

덜덜덜!

그 사실을 들키지 않기 위해 최대한 이를 악물고서 근육으로 뼈를 옥죄었으나 한계가 있었다.

누적되는 충격에 팔뚝이 시뻘겋게 달아올랐다.

'딱 한 번. 딱 한 번의 기회만 오면……!'

부들부들 떨리는 오른팔을 느끼며 권랑왕은 눈을 부릅떴다.

동시에 유하성을 인정했다.

운이 좋아 왕의 칭호를 얻은 애송이가 아니라는 사실을 말이다.

하지만 그렇다고 포기하지는 않았다.

'분명 방심할 때가 올 거다. 그때를 노린다.'

권랑왕은 슬쩍슬쩍 뒤로 물러났다.

마치 힘이 빠진 것처럼, 누적되는 고통에 힘겨운 것처럼 연기했다.

유하성이 방심하도록 유도한 것이었다.

실제로 고통스럽기도 했고 말이다.

'조금만 더. 좀 더……!'

연이어 작렬하는 십단금에 두 팔은 물론이고 온몸이 떨려 왔다.

그러나 권랑왕은 버텼다.

결국 살아남는 자가 강한 자였다.

승기니 우세니 그런 건 중요하지 않았다.

"권랑왕이라는 자가 어쭙잖은 잔머리를 쓸 줄은 몰랐는데 말이지."

웅웅웅!

그때 유하성이 입을 열었다.

마치 그의 속을 훤히 들여다본 것처럼 말이다.

그리고 유하성의 장심에서 영롱한 푸른빛 기운이 뿜어져 나오더니 순식간에 하나의 구슬이 되었다.

신비로운 푸른빛을 내뿜는 강환이 생성되었던 것이다.

쌔애애액!

권랑왕의 강환보다 훨씬 작은 유하성의 강환이 전광석화 처럼 쏘아졌다.

정확히 권랑왕을 향해 쇄도했던 것이다.

으득!

그 모습에 권랑왕이 다급하게 진기를 끌어 올렸다.

마지막 일격을 위해 아껴 두고 아껴 두었던 공력을 주먹에 집중시켰던 것이다.

그러고는 그대로 몸을 날렸다.

남아 있는 공력이 얼마 없는 만큼 유하성의 강환을 분쇄함과 동시에 그대로 몸을 날려 공격할 작정이었다.

'이렇게 된 이상 이 한 방으로 끝낸다!'

생각했던 것보다 내공 소모가 극심했기에 권랑왕으로서는 단시간에 결판을 내야 했다.

그래서 그는 젖 먹던 힘까지 주먹에 쏟아부었다.

자신의 계획을 알아차린 이상 지금 승부를 내야만 했다.

꾸와아앙!

막대한 진기가 집중된 만큼 폭발 역시 어마어마했다.

마치 지진이라도 난 것처럼 지축이 뒤흔들렸던 것이다.

그 폭발의 중심지에서 권랑왕은 이를 악물고서 주먹을 더욱 힘껏 내질렀다.

이대로 강환을 깨부수고 유하성에게 달려들 작정이었다.

쩌저적.

그런데 그때 그의 귓전으로 무언가가 바스러지는 소리가 들려왔다.

동시에 그의 주먹에서 무지막지한 고통이 엄습해 왔다.

주먹의 뼈란 뼈가 모조리 빠개지는 듯한 고통이 느껴졌던 것이다.

더불어 박살 났을 거라 생각했던 유하성의 강환이 멀쩡한 상태로 그의 왼손, 팔뚝, 어깨를 집어삼켰다.

"끄아아악!"

눈부신 빛과 함께 팔 전체가 갈가리 찢기는 고통에 권랑왕은 비명을 내질렀다.

괴성을 지르지 않고는 버티기 힘든 고통이 느껴져서였다.

쿠웅!

잠시 후 빛과 폭발이 사라진 자리에 왼팔을 잃은 권랑왕이 한쪽 무릎을 꿇은 채 주저앉아 있었다.

전신에서 뜨거운 김을 뿜어내면서 말이다.

그런 그를 향해 유하성이 느릿하게 다가갔다.

"먹는 건 말리지 않겠지만, 자존심을 버린 대가는 없을 거야."

움찔!

석상처럼 미동도 하지 않던 권랑왕의 동체가 크게 흔들렸다.

이번에도 그의 속을 들여다본 것처럼 말해서였다.

안 그래도 권랑왕은 고민하고 있었다.

귀단문에서 준 폭정단을 먹을지 말지 말이다.

"······가능성이 없지는 않을 것 같은데."

"대신 마지막이 더욱더 비참하고 굴욕적이겠지."

"하하하하!"

고저 없는 무미건조한 유하성의 목소리에 권랑왕이 앙천광소를 터트렸다.

비록 힘도 없고 왼팔도 잃었으나 여전히 권랑왕의 눈빛에는 힘이 있었다.

비록 졌지만 비굴하지는 않았다.

주르륵.

그때 권랑왕의 입에서 검은 피가 흘러나왔다.

죽더라도 자존심은 지키겠다는 듯이 스스로 심맥을 끊은 것이었다.

"결국 그쪽인가."

"기억해라. 나는 졌지만 너에게 죽지는 않았다."

"마음대로 해."

"그리고 날 이겼다고 해서 끝이 아니다. 우리는······ 강하다."

"저승에 가면 알게 될 거다."

마지막까지 허세를 부리는 권랑왕의 모습에 유하성이 피식 웃었다.

그에게는 곧 죽어도 겉멋을 부리는 것처럼 보여서였다.

또한 기준이 없었다.

정말 무인다운 자긍심을 가지고 있었다면 하오문이나 흑

점의 꼬드김에 넘어가지 말고 백랑성 단독으로만 침공했어야 했다.

"먼저 가서 기다리마."

비릿한 미소와 함께 권랑왕의 동공에서 빛이 사라졌다.

그러나 유하성은 재수 없는 권랑왕의 말에도 별다른 반응을 보이지 않았다.

대신 다가가서는 품속을 뒤졌는데 환약이 두 개였다.

폭정단과 처음 보는 환약이었다.

"뭐지?"

생김새는 비슷하지만 냄새는 확연하게 달랐다.

그렇기에 유하성은 적당히 거리를 두고서 처음 본 환약을 이리저리 살펴봤다.

하지만 전문가가 아닌 그가 알아낼 수 있는 건 없었기에 유하성은 일단 챙겼다.

"백랑성주까지 이제 열 명 남았나."

남아 있는 내공을 확인하며 유하성이 주변을 살폈다.

속칭 십랑왕(十狼王) 중 한 명인 권랑왕과 싸웠기에 현재 그의 주변은 텅 비어 있는 상태였다.

괜히 두 사람의 싸움에 휘말려 죽을 수가 있기에 백랑성도건 백도무림의 무인들이건 다 멀리 떨어져 있는 상태였다.

물론 하나둘 결판이 났다는 걸 알아내겠지만 아직까지는 여유가 있었다.

콰아앙! 쾅!

그 여유를 이용해 유하성은 전장을 살폈다.

우선 상황이 어떻게 흘러가는지 알 필요가 있어서였다.

"저자가 백랑성주인가."

제97장 난세 속에서 나타나는 신성들

유하성의 시선이 어느 한 곳에 닿았다.

가장 강렬한 기파와 폭발이 연쇄적으로 충돌하는 지역이었다.

그곳에는 명천이 있었는데 평범한 인상의 중년인과 싸우고 있었다.

한데 무당검선이라 불리는 명천을 상대로 중년인은 한 치도 밀리지 않았다.

"대단하군."

전성기가 지났다고 하나 그래도 명천이었다.

육체는 노쇠했을지 모르나 대신 공력은 더욱 심후해지고 깊어졌다.

감각 역시 전성기와 비교해도 뒤떨어지지 않았다.

스스로 뒷방 늙은이가 됐다고 말하지만 유하성은 알았다.

명천의 실전 감각이 얼마나 예리한지 말이다.

그리고 지금도 매일 꾸준히 수련을 하고 있었기에 감각이 둔해졌을 리가 없었다.

꽈과과광!

그런데 그 명천을 상대로 중년인은 밀리지 않았다.

오히려 정면으로 맞부딪치며 스스로의 무력을 증명하고 있었다.

아니, 유하성이 보기에는 즐기는 듯했다.

천하의 무당검선과의 대결을 말이다.

"쉽게 안 끝나겠어."

놀랍게도 둘의 대결은 박빙이었다.

물론 두 사람 다 아직 전력을 다하지는 않았다.

그게 유하성의 눈에는 보였다.

"다른 쪽은……."

지금 수준만으로도 주변을 초토화하고 있었으나 유하성은 명천을 믿었다.

명천의 실력을 누구보다 잘 알고 있기도 하거니와 화산에 남아 있는 이소향을 보러 가기 위해서라도 어떻게든 이길 터였다.

만약 힘이 부족하다면 그가 도울 생각도 있었다.

다만 당장은 유하성의 도움이 크게 필요해 보이지 않았다.

"흑점주."

시선을 돌리자 이번에는 흑점주와 겨루고 있는 천강이 보였다.

숨은 강자답게 흑점주는 수족들과 함께 천강을 상대하고 있었는데 살짝 밀리는 감이 없지 않아 있긴 해도 제법 잘 견디고 있었다.

그리고 취선은 귀단문도로 보이는 노인과 싸우고 있었는데 느껴지는 존재감과 기도는 과거 유하성이 상대했던 소문주와 비교해도 크게 뒤떨어지지 않았다.

언뜻 봐도 장로급의 고수였다.

그런 이를 상대로 취선은 밀리기는커녕 폭풍처럼 몰아붙이고 있었다.

하지만 결판을 낼 정도는 아니었다.

"호오."

천강에 이어 취선도 크게 걱정할 게 없어 보이자 유하성은 다시 시선을 옮겼다.

그러자 생각보다 잘 싸우는 친구들의 모습이 보였다.

무율이나 종남파의 장문인, 남궁수, 제갈민, 하북팽가주가 낭왕들을 상대로 잘 싸우는 건 당연했다.

그들은 중원무림을 대표하는 고수들이었으니까.

그러나 친구들은 달랐다.

유하성에 비해 상대적으로 주목을 못 받았던 게 사실인데 지금은 스스로의 실력을 만천하에 펼쳐 보이고 있었다.

"영웅은 난세에 태어난다더니."

유하성이 재미있다는 듯이 웃었다.

백랑성과 번천회의 연합은 생각도 못 했지만 지금 보면 그게 꼭 나쁘지만은 않은 것 같았다.

침공하는 적들이 있기에 이춘상과 현광이 실력을 드러낼 기회가 생긴 것이나 마찬가지였다.

거기다 이제는 삼룡(三龍)이 되었지만 남궁준과 제갈성, 원일 역시 꽤나 활약하고 있었다.

"차합!"

"으아앗!"

이춘상과 현광처럼 낭왕을 상대하지는 않았지만 백랑성에서 꽤 상위 서열인 무인을 상대로 밀리지 않는 모습을 보여 주었다.

하지만 역시 유하성을 뿌듯하게 만드는 건 무당파 제자들의 활약이었다.

원호와 원상을 중심으로 일대제자들은 태극진을 펼쳐서 적들을 상대했는데 상당히 효과적인 모습을 보여 주었다.

다른 이들처럼 뛰어난 활약을 펼쳐 보이지는 못했지만 적어도 전선만은 확실하게 유지했다.

"그렇다면 내가 할 일은 하나지."

권랑왕을 잡았으나 아직 낭왕은 아홉 명이 남아 있었다.

게다가 집결한 백도무림이 상대해야 할 적은 백랑성만이 아니었다.

흑점과 귀단문도 있었다.

그중 특히 귀단문이 이번에도 가장 큰 문제이자 변수였다.

'다른 곳도 급하지만 역시 가장 먼저 처리해야 하는 곳은 귀단문이다.'

숫자는 흑점과 백랑성에 비하면 가장 적은 게 귀단문이었다.

하지만 백도무림에 가장 큰 피해를 입히는 건 놀랍게도 귀단문이었다.

일당백이라는 말처럼 폭정단과 폭혈단으로 무장한 귀단문은 강했다.

두 개의 환약을 사용하지 않아도 될 정도의 강자들도 많았고 말이다.

파아앗!

결정을 내린 유하성은 곧바로 귀단문이 모여 있는 곳으로 땅을 박찼다.

그러면서 동공(動功)의 묘리를 품고 있는 태극신보를 펼쳤다.

목적지까지 가면서 최대한 공력을 보충하려는 것이었다.

전장을 가로질러야 했기에 회복되는 양은 미미하겠지만

지금은 그거라도 모아야 했다.

철커덩. 처척!

특이한 소리와 함께 묵직한 기파가 어깨를 노리고서 파고
들었다.

그걸 이춘상은 보지도 않고 피했다.

소리와 기파로 느끼고서 움직인 것이었다.

카앙!

방금 전 그가 있던 자리로 뾰족하면서 길쭉한 무언가가 내
리꽂혔다.

만약 피하지 않았다면 꼬치처럼 꿰였을 게 분명했다.

"확실히 거지라서 그런가. 움직임이 남달라. 대막에서도
그렇게 빨리 움직이는 녀석은 몇 없는데 말이지."

"칭찬인데 이상하게 기분이 나쁘네?"

"크흐흐흐!"

십랑왕 중 한 명인 편랑왕(鞭狼王)이 히죽 웃었다.

하지만 그의 애병인 구절편은 너무나 매서웠다.

섬뜩한 파공음을 터트리며 재차 이춘상에게 쇄도했던 것
이다.

째애애액!

무당
패왕

이름답게 아홉 개의 몸통을 가진 구절편은 채찍과 같이 움직이면서도 철창처럼 사용할 수도 있었다.

공력을 이용해 빳빳하게 세우면 한 자루 창처럼 사용하는 게 가능했던 것이다.

게다가 평범한 채찍과 달리 무게도 상당했다.

아홉 개의 몸통이 전부 철로 이루어져 있었기에 현란함은 채찍보다 떨어질지 모르나 위력은 비교도 할 수 없었다.

콰앙!

그 사실을 증명하듯 구절편이 닿은 대지는 말 그대로 주저앉았다.

동심원을 그리듯 구절편이 닿은 곳을 중심으로 움푹 파였던 것이다.

휘리릭!

게다가 편랑왕이 휘두르는 구절편은 보통의 채찍과 별다른 차이가 없을 정도로 빨랐다.

그래서 더더욱 상대하기가 까다로웠다.

장병기이기에 근접전이 약할 거라 생각했지만 실상은 달랐다.

괜히 기문병기가 아니라는 듯이 구절편은 근접 전투에서도 위력적이었다.

'낭왕이라는 칭호를 거저 얻지는 않았다는 거지.'

이춘상이 입술을 깨물었다.

열 명의 낭왕 중 편랑왕의 서열은 아홉 번째였다.

백랑성의 전체 서열로 따지자면 열 번째였고.

즉 낭왕들 중에서는 하위권이라는 얘기였는데 그럼에도 이춘상은 우위를 점하지 못했다.

"언제까지 도망치게? 도망만 쳐서는 절대 이길 수 없는데?"

여자처럼 호리호리한 체격답게 편랑왕의 목소리는 중성적이었다.

남자인지 여자인지 구분이 가지 않았던 것이다.

게다가 얼굴선도 가늘어서 언뜻 보면 여자라고 해도 믿을 정도였다.

다만 저 나이대의 여인이라면 반드시 가지고 있어야 할 상반신의 봉곳한 가슴이 보이지 않았기에 이춘상은 편랑왕이 당연히 남자라고 생각했다.

"그 구절편을 버리면 도망치지 않겠다고 약속하지."

"꺄하하하!"

자신의 목숨이나 다름없는 애병을 버리라는 말에 편랑왕이 낭랑한 파안대소를 터트렸다.

어이가 없어 웃음이 터진 것이었다.

동시에 신선하기도 했다.

백랑성에서는 감히 그의 앞에서 이런 당돌한 발언을 하는 이가 없었다.

"더불어 머리나 심장, 단전에 딱 한 방만 맞아 주겠다면 더없이 좋겠고. 그럼 소원도 들어줄 수 있는데. 아, 물론 한 방을 맞은 후에."

"죽은 자의 소원은 누구라도 들어줄 수 있지."

"역시 알아차렸나."

이춘상이 입맛을 다셨다.

못 먹는 감 찔러나 본다는 심정으로 말했는데 역시나 통하지 않아서였다.

그러나 아무 생각 없이 지껄인 건 절대 아니었다.

객관적으로 따져 봤을 때 그보다는 편랑왕이 강자였다.

즉 이춘상으로서는 십랑왕 중 한 명인 편랑왕을 붙잡고 있는 것만으로도 이득이었다.

혼자서 쓰러뜨릴 수 있다면 더할 나위 없이 좋겠지만 안타깝게도 아직 그의 실력으로는 무리였다.

'격차가 그리 큰 건 아니지만, 나보다 강한 건 확실해.'

고수일수록 첫수를 교환하는 순간 알았다.

상대가 나보다 강한지, 약한지 말이다.

그리고 격차가 적을수록 상대의 수준을 명확하게 파악할 수 있었다.

"잔머리 굴리는 소리가 여기까지 들리네. 근데 어쩌나? 잔머리로는 한계가 있는데."

쌔애애애액!

강기를 머금은 구절편이 다시 이춘상에게 쇄도했다.

휴식은 여기까지라고 말하는 것처럼 파상공세를 펼쳤던 것이다.

심지어 구절편이라고는 믿기 힘들 정도의 변화막측한 맹공에 이춘상은 발바닥에 땀이 나도록 뛰어야 했다.

막을 수 없는 건 아니지만 그건 너무 비효율적이었다.

"맞아. 근데 가끔은 잔머리가 반전을 일으키기도 하거든."

"입만 살아서는!"

꼬리에 불붙은 망아지처럼 정신없이 도망치는 주제에 입은 살아서 말대꾸를 하는 이춘상의 모습에 편랑왕이 조소를 머금었다.

어쭙잖은 도발로는 지금의 상황을 뒤집을 수가 없어서였다.

또한 도망만 쳐서는 아무것도 달라지지 않았다.

그런데 그때 변수가 발생했다.

"우리가 왔다, 춘상아!"

"형님들이 왔다!"

"지금까지 잘 버텼다!"

"응?"

편랑왕의 눈꼬리가 올라갔다.

사방에서 걸쭉한 목소리와 함께 심상치 않은 기도가 느껴져서였다.

동시에 이춘상의 입꼬리가 올라갔다.

"내 힘이 부족하다면, 다른 사람의 힘을 빌리면 될 일이지."

"비겁하구나!"

"무슨 소리. 비겁한 쪽은 백랑성이지. 선전포고도 없이 대뜸 침략부터 했는데. 거기다 혼자 온 것도 아니고 하오문, 흑점, 귀단문과 손을 잡았잖아? 아, 혈뇌음사를 빠뜨렸네?"

"닥쳐라!"

한마디로 자신을 비겁자로 만든 이춘상의 말에 편랑왕의 평정심이 흔들렸다.

그 정도로 포위하듯 사방에서 달려드는 거지들의 기세는 범상치 않았다.

하나같이 이춘상과 비교해도 크게 뒤떨어지지 않았던 것이다.

"어딜 가려고?"

"우리가 여기까지 왔는데 어울려 줘야지?"

"근데 사내새끼야, 계집년이야? 얼굴만 봐서는 알 수가 없네?"

얼마나 씻지 않았는지 본래는 백발이었을 머리카락과 수염이 먼지로 회색빛이 되어 있었다.

거기다 몸에서는 엄청난 악취가 뿜어져 나왔다.

일부러 냄새 공격을 하는 건 아닐까 싶을 정도로 말이다.

심지어 거리가 제법 떨어져 있음에도 코를 찌르는 악취에 편랑왕의 콧잔등은 잔뜩 찡그려져 있었다.

"꺼져!"

촤라라락!

지독한 악취에 편랑왕은 자기도 모르게 구절편을 휘둘렀다.

순간적으로 이성을 잃고 마구잡이로 공격한 것이었다.

"걸렸구나!"

"어이, 장가야! 단단히 붙들어라잉!"

"미리 말해 두는데, 오래는 못 붙잡아!"

강기를 머금고 쇄도하는 구절편을 키 작고 뚱뚱한 노개(老丐)가 양손에 수강을 일으켜 붙잡았다.

마치 줄다리기를 하는 것처럼 구절편의 끝부분을 강하게 움켜쥐었던 것이다.

"그 정도면 충분해!"

"나머지는 우리한테 맡기라고! 춘상아! 너도 해야지!"

"갑니다!"

대답할 힘도 없는지 시뻘게진 얼굴로 뚱뚱한 노개가 구절편을 있는 힘껏 붙잡았다.

그사이 다른 두 명의 노개와 이춘상이 편랑왕에게 달려들었다.

"이것들이!"

미리 계획이라도 한 것처럼 손발이 척척 맞는 넷의 모습에 편랑왕이 짜증 섞인 일갈을 내질렀다.

그러면서 구절편을 잡아당겼다.

어떻게든 애병을 회수하려는 것이었다.

하지만 뚱뚱한 노개도 만만치 않았다.

쿵!

수강만으로는 부족하다는 걸 느낀 건지 몸을 주저앉히며 체중을 실었다.

아무래도 호리호리한 체격의 편랑왕보다는 그가 훨씬 더 무거웠기에 그 이점을 살리는 것이었다.

"이익!"

그 모습에 편랑왕이 이를 드러내며 진기를 가일층 끌어올렸다.

이번에는 회수하려는 게 아니라 공격하려는 것이었다.

놓지 않는다면 놓게 만들면 되었다.

푸푸푹!

"큭!"

뚱뚱한 노개가 신음을 흘렸다.

붙잡고 있던 구절편에서 가시처럼 강기가 돋아나 그의 손을 꿰뚫어서였다.

그러나 양 손바닥을 관통당했음에도 노개는 구절편을 놓치지 않았다.

오히려 더욱 기를 쓰고 구절편을 움켜쥐었다.

"잘 버텼다!"

"금방 끝내 주마!"

"누구 마음대로!"

두 노개는 보지 않았음에도 느낄 수 있었다.

오랜 친구의 신음 소리만 들어도 어떤 상황인지 알았던 것이다.

그렇기에 둘은 뒤를 돌아보지 않았다.

친구의 희생을 생각해서라도 이번 공격을 성공시키는 게 더 중요했다.

휘리릭!

그런데 편랑왕이 예상 밖의 움직임을 보였다.

느닷없이 앞으로 뛰쳐나갔던 것이다.

"어어?!"

갑자기 자신에게 달려오는 편랑왕의 모습에 악착같이 구절편을 붙잡고 있던 노개가 당황했다.

설마하니 이쪽으로 달려올 줄은 몰라서였다.

"너부터 죽여 주마!"

잡아당기기만 했던 편랑왕이 오히려 달려들자 뚱뚱한 노개가 자리에서 벌떡 일어났다.

우선은 거리를 벌려야 한다는 생각이 들어서였다.

두 손에서는 피가 철철 나고 있지만 두 다리는 멀쩡했기에

武當霸王
무당
패왕

노개가 황급히 뒷걸음질 쳤다.

"더는 못 간다!"

"우리랑 찐하게 어울리자니까!"

예상치 못한 움직임이었으나 놀람은 짧았다.

오랜 세월을 살아온 만큼 둘 다 산전수전 다 겪은 백전노
장이었다.

게다가 경신술로는 천하일절로 불리는 게 개방이었기에
잠시 움찔한 두 노개가 편랑왕의 등을 노리고 장력을 내질
렀다.

개방이 자랑하는 강룡십팔장이었다.

쿠르르릉!

천둥소리와 함께 맹렬한 기세로 쇄도하는 두 줄기 장력에
편랑왕이 이를 악물었다.

그러나 고민은 짧았다.

아까웠지만 애병보다는 목숨이 중요했다.

뚜둑!

그래서 편랑왕은 구절편을 끊었다.

정확하게는 뚱뚱한 노개가 붙잡고 있는 맨 마지막 조각만
말이다.

그로 인해 구절편이 팔절편이 되었으나 초식을 펼치는 데
는 큰 지장이 없었다.

"그래! 어디 한번 제대로 어울려 보자고!"

"어, 어라?"

"이런 상황은 계획에 없었는데……."

애병을 부숴서인지 독이 바짝 오른 얼굴로 달려드는 편랑왕의 모습에 두 노개가 당황한 표정을 지었다.

편랑왕이 이런 식으로 달려들 줄은 몰라서였다.

한데 그때 이춘상이 소리쳤다.

"붙잡아 주세요! 그럼 제가 끝을 내겠습니다!"

"잡놈답게 끝까지 비겁하게 나오는구나!"

"스스로의 부족함을 아는 것도 능력이라고!"

편랑왕의 노성에도 이춘상은 이죽거렸다.

지금의 말이 스스로 불리하단 사실을 잘 알고 있다는 뜻이었기 때문이다.

그렇다면 그걸 잘 이용하는 것도 능력이었다.

콰콰콰쾅!

이춘상의 부탁대로 두 명의 노개는 편랑왕을 붙잡는 데 주력했다.

혼자라면 편랑왕을 상대하기가 버거웠겠으나 다행스럽게도 노개들은 혼자가 아니었다.

게다가 이기는 게 아니라 붙잡는 것 정도라면 두 노개도 할 수 있었다.

뒤이어 구절편을 붙잡고 있던 노개도 합류했고 말이다.

"이익!"

한 명씩 놓고 보면 별거 아니었으나 셋이 협공하자 제아무리 편랑왕이라도 손발이 꼬일 수밖에 없었다.

더욱이 개방의 장로들답게 경신술이 현란하기 짝이 없었다.

때문에 시간이 갈수록 편랑왕은 지치기 시작했다.

"하아압!"

그 틈을 이춘상은 놓치지 않았다.

세 명의 장로가 각각 팔절편, 왼팔, 오른팔을 붙잡은 사이 달려들어 심장에 일격을 때렸다.

내가중수법으로 편랑왕의 심맥을 갈기갈기 찢어 버렸던 것이다.

"내, 내가 이깟 놈들에게……!"

심맥은 물론이고 심장이 터진 편랑왕이 검은 피를 게워 내며 중얼거렸다.

생각하면 생각할수록 억울하고 원통해서였다.

한 명 한 명은 그의 상대가 아닌데 협공으로 죽었기에 편랑왕은 두 눈을 뜬 채로 죽었다.

"아이고, 죽겠다."

"삭신이 녹아내렸어."

"후우우."

동공에서 빛이 사라지자 세 명의 장로들이 주저앉았다.

동시에 이춘상도 이제야 심호흡을 하며 숨을 골랐다.

그러고는 빠르게 주변을 살폈다.

다른 쪽은 어떻게 되었는지 확인했던 것이다.

"허어. 그새 쓰러뜨린 모양인데?"

"권랑왕은 그래도 중간 정도는 되는 실력자인데."

"우리 춘상이가 따라잡으려면 고생 좀 하겠어."

"그러게요."

어느새 권랑왕을 쓰러뜨리고 귀단문도들을 공격하는 유하성의 모습에 이춘상이 쓴웃음을 지었다.

하지만 이내 그 표정을 털어 냈다.

모르고 있던 사실도 아니었을뿐더러 그 스스로도 인정하고 있었다.

지금은 유하성이 더 높은 경지에 있다는 사실을 말이다.

'난 내가 잘할 수 있는 걸 하면 된다. 앞으로 꾸준히 노력하면 되고.'

비록 지금은 유하성보다 부족하지만 그게 앞으로도 그럴 거라고는 생각하지 않았다.

더욱이 유하성이라는 존재가 있어 이춘상은 제정신을 차릴 수 있었다.

그렇기에 이춘상에게는 더없이 고마운 존재가 유하성이었다.

"자자! 그만 쉬고 다시 가시죠! 장덕 장로님은 치료부터 하시고요!"

"우리도 치료하면 안 되나?"

"그 정도는 침 바르면 낫습니다!"

"어후. 변해도 너무 변했어. 예전의 춘상이가 그립구먼."

손에 구멍이 뚫린 장덕에 비하면 두 노개는 잔부상 정도였다.

하지만 사람 마음이라는 게 간사하다고 앉으니 눕고 싶었다.

"지금 이 순간에도 본 방의 아이들이 죽고 있습니다! 우리가 한 발이라도 더 뛰어야 우리 개방의 아이들이 삽니다. 그러니 후딱후딱 일어나시죠!"

"아이고."

"그래. 일어난다. 가면 되는 거 아냐!"

이춘상의 닦달에 두 노개가 결국 땅바닥에서 엉덩이를 떼었다.

부우웅!

묵직한 파공성과 함께 한 줄기 섬광이 현광의 심장을 노렸다.

창도 아닌 것이 창 못지않게 예리한 기세로 그에게 파고들었던 것이다.

터엉!

심장을 찔러 오는 공격을 현광은 우직하게 서서 막았다.

두 다리로 굳건하게 몸의 균형을 유지하며 완벽하게 방어해 냈던 것이다.

그런데 현광의 검과 충돌한 상대의 무기가 탄력적으로 튕겨졌다.

철로 이루어진 것답지 않게 놀라운 탄성을 보여 주며 재차 현광에게 파고들었다.

"흡!"

순식간에 궤적을 비틀어 다시 쇄도하는 철봉의 모습에 현광이 심호흡을 하며 이십사수매화검법을 펼쳤다.

지금 그의 역할은 상대의 무기를 최대한 붙잡아 두는 것이었다.

그래서 피할 수 있음에도 굳건히 제자리를 지켰다.

"차합!"

"이야압!"

대신 그와 함께 싸우는 두 장로들이 봉랑왕(棒狼王)에게 쇄도했다.

현광이 봉랑왕의 공격을 막아 내는 동안 둘은 오직 공격에만 집중했다.

"훙!"

그러나 번개 같은 두 사람의 협공에도 봉랑왕은 당황하지 않았다.

대신 길쭉한 철봉을 순식간에 회수해서 휘둘렀다.

창과 달리 봉은 앞뒤가 똑같았기에 어디를 잡아도 상관이 없는 병기였다.

그렇기에 활용도가 어마어마하게 높았고 봉랑왕은 그 점을 십분 활용했다.

따다다당!

두 장로가 순식간에 거리를 좁혔으나 봉랑왕은 양손으로 철봉을 잡고서 짧게 휘둘렀다.

간격이 좁혀진 만큼 철봉을 짧게 잡고서 두 장로의 공격들을 막아 냈던 것이다.

아니, 막아 내는 걸 넘어 두 장로들을 밀어붙이기까지 했다.

내공은 두 장로들이 깊을지 모르나 육체적인 부분에서는 봉랑왕의 압승이었다.

웅웅웅웅!

그 부족한 점을 채우기 위해 현광이 달려들었다.

봉랑왕이 철봉을 회수한 만큼 현광은 자유로워져서였다.

게다가 두 장로들의 체력을 생각해서라도 육체적으로 전성기인 그가 나서야 했다.

'괜히 대막의 패자가 아니라는 건가.'

무표정한 얼굴과 달리 현광의 속은 살짝 상해 있었다.

아무리 백랑성의 낭왕이라고 하지만 혼자서는 감당할 수 없다는 사실이 그를 좌절하게 만들었다.

그러나 그 감정을 현광은 절대 겉으로 드러내지 않았다.

생사가 오고 가는 싸움에서 심리전은 승패를 가를 수 있을 정도로 큰 요인이기에 현광은 최대한 무표정을 유지했다.

콰앙! 쾅!

동시에 봉랑왕의 정면에서 극성으로 이십사수매화검법을 펼쳤다.

그의 역할이 봉랑왕의 시선을 끌고 쏟아지는 공격을 받아 내는 것이었기 때문이다.

체력적으로 두 장로들에 비해 그가 더 뛰어나기도 했지만 역시 가장 큰 이유는 기본기였다.

유하성 못지않게 기본기에 지대한 공을 들인 게 현광이었기에 봉랑왕의 파상공세를 막아 내기에는 그가 제격이었다.

"큭!"

물론 그게 쉽지만은 않았다.

제아무리 봉랑왕이 열 명의 낭왕들 중 말석이라고 하나 그래도 백랑성의 최정점에 있는 무인이었다.

그런 무인이 쏟아 내는 맹공을 받아 내는 건 현광이라고 해도 쉽지 않았다.

하지만 그럼에도 해내야 했다.

"이제 죽어라!"

"좀 죽어!"

현광이 힘겹게 받아 내고 있다는 걸 두 장로들도 잘 알고 있었다.

그렇기에 혼신의 힘을 다해 봉랑왕을 공격했다.

최대한 빨리 봉랑왕을 쓰러뜨리는 게 현광을 도와주는 것이라는 걸 둘도 잘 알았지만 쉽지가 않았다.

공방일체라는 말처럼 신기에 가까운 방어를 봉랑왕이 보여 주어서였다.

"다 늙은 노물들 주제에."

오히려 봉랑왕의 반격에 두 장로들이 움찔거리며 물러났다.

이십사수매화검법은 분명 강호일절이라 부르기에 모자람이 없는 무공이지만 역시 중요한 건 사람이었다.

어떤 사람이 익혔느냐에 따라 위력이 천차만별인 게 무공이었다.

그 말은 달리 말하면 평범한 무공도 천재의 손에서는 절대 무공으로 탈바꿈할 수 있다는 뜻이었다.

"커헉!"

"끄으읍!"

그걸 증명하듯 양쪽에서 공격하던 두 장로가 튕겨져 날아갔다.

회전력이 가미된 봉술에 속수무책으로 나가떨어진 것이었

다.

특히나 회전력으로 인해 검세가 비틀어졌기에 상대하기가 여간 까다로운 게 아니었다.

'봉술의 약한 공격력을 회전력으로 채우고 있어.'

현광이 마른침을 삼켰다.

셋이 협공을 하고 있음에도 압도하기는커녕 가까스로 균형을 맞추는 느낌이 들어서였다.

그러나 더 큰 문제는 봉랑왕을 상대하는 사이에도 백도무림의 무인들이 죽어 가고 있다는 사실이었다.

봉랑왕에 집중하고 있어 다른 곳에는 일절 시선을 옮기지 못했으나 귀는 열려 있었기에 비명 소리를 들을 수 있었다.

그런데 그 비명이 끊이질 않았다.

누구의 비명 소리인지는 알 수 없지만 중요한 건 이 순간에도 누군가가 죽어 가고 있다는 점이었다.

'하성이는 걱정이 안 되지만 춘상이는 다르지.'

거기다 현광을 초조하게 만드는 건 사형제들이었다.

수적으로 불리한 데다가 전장에서는 눈먼 칼에 맞아 죽는 경우가 허다했기에 현광으로서는 걱정이 될 수밖에 없었다.

그리고 무공이 고강하다고 해서 꼭 전쟁에서 살아남는 건 아니었다.

단지 살아남을 가능성이 하수에 비해 높을 뿐이었다.

퍼억!

"큭!"

딴생각을 한 건 찰나였으나 그 대가는 컸다.

봉랑왕이 귀신같이 그걸 알아채고 일격을 꽂아 넣었던 것이다.

어깨를 강타한 일격에 현광의 얼굴이 잔뜩 일그러졌다.

가까스로 호신강기를 일으켜 막기는 했으나 충격은 고스란히 육체에 남았다.

쌔애액!

게다가 위기는 끝난 게 아니었다.

이번 기회를 놓치지 않겠다는 듯이 봉랑왕이 재차 철봉을 찔렀다.

예의 무시무시한 회전력을 실어서 말이다.

그걸 방해하기 위해 두 장로가 검강을 극성으로 일으켰으나 봉랑왕은 이번에야말로 확실하게 현광을 처리하겠다는 듯이 호신강기를 일으키고서 철봉을 찔러 넣었다.

'이건 못 막는다.'

현광의 눈동자가 흔들렸다.

회심의 일격인 만큼 정면으로 막을 엄두가 나지 않아서였다.

그렇다고 회피하기에는 늦었기에 현광은 차선책으로 궤적을 비트는 쪽으로 결정을 내렸다.

그렇게 해도 체내에 충격이 쌓이겠지만 지금으로서는 이

게 최선이었다.

"딱 필요할 때 내가 도착한 거 같네."

터엉!

그때 현광의 앞으로 푸른색 인영이 나타났다.

너무나 익숙한 목소리와 함께 말이다.

동시에 현광의 명치를 노리고서 파고들던 철봉이 무기력하게 허공으로 튕겨졌다.

"하성아!"

"허어. 나도 왔는데."

반가움이 가득 담긴 현광의 외침에 이춘상이 서운하다는 표정을 지었다.

유하성만 너무 반기는 것 같아서였다.

"이런. 내가 마지막인가?"

"당연한 거지. 원래 모든 건 실력순이야."

"이 새끼들이!"

제98장 이번에야말로

자신을 앞에 두고 시시덕거리는 현광과 이춘상의 모습에 봉랑왕이 노성을 터트렸다.

고작 두 명이 합세한 것 가지고 너무 안심하는 것 같아서였다.

그래서 그는 하늘 위로 튕겨진 철봉을 재차 내려찍었다.

우선 앞을 가로막고 있는 유하성을 치워 버리고 뒤이어 현광과 이춘상을 뭉개 버릴 작정이었다.

덥석!

그런데 봉랑왕으로서는 상상도 못 한 일이 벌어졌다.

방금 전에 튕겨 낸 게 우연이 아니라는 듯이 유하성이 그의 철봉을 붙잡았던 것이다.

그것도 회전력과 강기를 가득 머금은 그의 철봉을 말이다.

드드드드!

심지어 무섭게 회전하던 철봉의 속도가 빠르게 느려지는 광경에 봉랑왕은 두 눈을 부릅떴다.

하지만 지금 중요한 건 그게 아니었다.

쌔애액!

유하성이 그의 철봉을 붙잡고 있는 사이 화산파의 장로 두 명이 그의 양옆에서 검강을 뿌렸다.

현란하고 화려함이 장점인 이십사수매화검법이 아닌 간결하면서도 단순한, 오로지 위력에만 집중한 일격을 날렸다.

어떻게든 봉랑왕의 몸에 검을 쑤셔 넣겠다는 듯이 말이다.

웅웅웅!

그걸 보지 않아도 느낄 수 있었기에 봉랑왕은 호신강기를 극성으로 펼쳤다.

가장 좋은 방법은 둘의 공격을 피하는 것이었으나 안타깝게도 지금은 그럴 수 없었다.

유하성이 그의 애병을 단단히 붙잡고 있어서였다.

물론 그가 손을 놓는 것도 한 가지 방법이었으나 무사가 애병을 포기하는 건 목숨을 포기하는 것과 마찬가지였기에 절대 놓을 수 없었다.

쩌어어엉!

그렇기에 봉랑왕이 선택할 수 있는 건 호신강기밖에 없었다.

움직일 수 없지만 단순히 막기만 하는 것이라면, 두 장로의 공격이라면 호신강기로 충분히 막을 수 있었다.

"우리를 잊으면 쓰나!"

"지금까지 당한 걸 갚아 주겠소이다!"

다만 문제는 이춘상과 현광도 있다는 점이었다.

심지어 유하성이 봉랑왕의 철봉을 잡고 있기에 두 사람은 자유로웠다.

그 점을 이춘상과 현광은 십분 활용해서 봉랑왕을 공격했다.

쩌저적!

"큭!"

이춘상과 현광의 맹공에 호신강기에 균열이 일어났다.

원래 있던 두 장로들까지 합세해서 호신강기를 두들기니 제아무리 호신강기라고 해도 버티질 못하는 것이었다.

그런데도 봉랑왕은 애병을 놓지 않았다.

대신 몸에 쌓이는 충격을 고스란히 감내하며 철봉을 밀었다.

예의 회전을 일으키면서 말이다.

회수할 수 없다면 이대로 유하성을 밀어 버리겠다는 뜻이었다.

까드드득!

그러나 순순히 당해 줄 유하성이 아니었다.

권랑왕에 이어 귀단문도들을 상대하느라 내공 소모가 상당했으나 그렇다고 아직 바닥은 아니었다.

게다가 유하성에게는 수없이 단련한 육체와 체력이 있었다.

그래서 밀리기는커녕 오히려 양손으로 철봉의 끝을 잡고서 똑같이 밀었다.

"이익!"

봉랑왕과 마찬가지로 앞을 향해 밀었던 것이다.

그러자 놀랍게도 봉랑왕의 신형이 뒤로 밀렸다.

정확하게는 지면에 깊은 고랑을 만들며 밀려 났던 것이다.

그게 봉랑왕은 믿기지가 않았다.

공력은 물론이고 신체 능력이 그를 압도한다는 뜻이었기 때문이다.

봉랑왕은 그걸 인정할 수가 없어 젖 먹던 힘까지 모조리 끌어올렸지만 애석하게도 달라지는 건 없었다.

콰직!

오히려 더욱 충격적인 일만 벌어졌다.

유하성이 악력으로 그의 철병을 우그러뜨렸던 것이다.

그 모습에 봉랑왕은 자기도 모르게 입을 쩍 벌렸다.

감히 상상도 못 한 광경에 경악한 것이었다.

콰지직!

무당패왕

하지만 유하성은 거기서 더 나아갔다.

양손으로 철봉을 동강 내 버렸던 것이다.

푸푸푸푹!

게다가 이춘상과 현광, 두 장로들도 놀고만 있지는 않았다.

유하성이 정면에서 봉랑왕을 붙들어 두는 사이 할 수 있는 모든 공격을 쏟아부었다.

그 결과 봉랑왕의 전신은 피투성이가 되었다.

만약 호신강기가 아니었다면 진즉에 온몸이 난자되어 죽었을 터였다.

"……빌어먹을."

그러나 봉랑왕은 살아 있어도 살아 있는 게 아니었다.

겉으로 보이는 것과 마찬가지로 그의 내부 역시 망가질 대로 망가진 상태였다.

말 그대로 가까스로 서 있는 게 전부였기에 봉랑왕은 욕지거리를 내뱉었다.

자신의 미래가 훤히 보여서였다.

"너무 슬퍼하지는 마. 저승에 가면 친구가 둘 있을 거니까. 권랑왕과 편랑왕이 있으니 외롭지는 않을 거야."

"뭐라고?"

이미 다 끝난 상태였기에 이춘상이 두 팔을 늘어뜨리고서 입을 열었다.

가만히 놔둬도 죽을 것이기에 이춘상은 긴장을 풀었다.

그 말고도 이 자리에는 유하성과 현광이 있었기에 이춘상은 마음 놓고 이죽거렸다.

"뭐긴. 두 낭왕도 저기 하늘나라로 갔다는 말이지. 그리고 곧 나머지 친구들도 뒤따라갈 거야."

"허!"

봉랑왕이 말도 안 된다는 표정을 지었다.

하지만 이내 주위를 살펴보고는 허탈한 표정을 지었다.

마치 보여 주려는 듯이 기다란 장대 끝에 머리만 걸려 있는 권랑왕과 편랑왕의 모습을 볼 수 있어서였다.

거기다 사기 역시 초반과 달리 한풀 꺾인 상태였다.

"물론 가장 먼저 따라갈 사람은 당신이고."

서걱.

이춘상의 말이 끝나자마자 현광의 검이 움직였다.

소리 없이 다가가 목을 벤 것이었다.

"이걸로 셋."

"아직 일곱이나 남았어. 백랑성주와 흑점주, 귀단문도 남아 있고. 특히 귀단문도들이 문제야. 하성이가 숫자를 줄이긴 했는데 아직도 많아."

봉랑왕의 수급을 챙기는 현광을 향해 이춘상이 싹 달라진 표정으로 말했다.

방금 전과 달리 한껏 진지해졌던 것이다.

"그러니 부지런히 움직여야지."

"어디부터 가게?"

"도움이 가장 필요해 보이는 곳으로."

"좋아."

유하성의 말에 이춘상이 고개를 주억거렸다.

그러고는 일행을 둘로 나누었다.

유하성과 이춘상, 현광이 함께 움직이고 화산파의 장로 두 명이 다른 곳으로 이동했다.

'제길! 제기랄!'

백랑성의 무인들을 우악스럽게 쓰러뜨리며 황보태석이 씩 씩거렸다.

누구는 낭왕들과 생사결을 펼치는데 그는 고작 잡졸들을 상대한다는 게 너무나 마음에 들지 않았다.

심지어 과거 구룡에 꼽혔던 남궁준이나 제갈성, 원일도 백 랑성의 상위 서열들과 싸우고 있었다.

하지만 그는 고작해야 하위 서열, 그것도 구십 위 정도 되 는 이들만 상대하고 있었다.

'어째서! 왜 저딴 놈들에게만 하늘은 재능을 준 거냐!'

생각하면 생각할수록 황보태석은 열불이 터졌다.

특히나 유하성이나 이춘상 같은 이들에게 천부적인 재능을 준 게 가장 마음에 들지 않았다.

자고로 독보적인 재능이라는 건 그처럼 선택받은 자들만이 가지고 태어나야 하는 것이었다.

예를 들어 명문세가의 자제들 말이다.

그러나 하늘은 무심하게도 그와 같은 세대에 유하성과 이춘상을 태어나게 했다.

황보태석은 그게 너무나 거슬렸다.

'저 재능을 나에게 줬으면! 내가 가지고 있었다면!'

콰앙! 쾅!

황보태석이 거칠게 쌍권을 내질렀다.

과연 황보세가의 무공이라는 생각이 들 정도로 호쾌한 강격에 복색이 완전히 다른 백랑성의 무인들이 피를 토해 내며 튕겨졌다.

하지만 그 모습에도 황보태석은 얼굴을 잔뜩 일그러뜨렸다.

원일이나 남궁준, 제갈성에 비하면 아무것도 아니어서였다.

'저 힘이 내 것이었다면 모든 걸 가졌을 텐데!'

잔뜩 붉어진 얼굴로 황보태석이 이를 악물었다.

그런 그의 시선이 향한 곳에는 엄청난 신위를 보여 주고 있는 유하성이 있었다.

패왕이라는 별호답게 유하성은 달려드는 적들을 족족 날려 버렸다.

거기다 이미 권랑왕을 단독으로 쓰러뜨린 상태였다.

으드득!

권랑왕을 쓰러뜨렸다는 소식을 들었을 때 황보태석의 가슴속에서는 엄청난 질투심이 솟구쳤다.

그가 바라 마지않는 위치가 바로 유하성이 서 있는 위치였다.

모두가 우러러보는.

동시에 최고라 인정받는 위치.

하지만 현실은 시궁창이었다.

현재 그의 위치는 감히 유하성에게 비벼 볼 수도 없을 정도로 처참했다.

"으아아아!"

그 울분을 황보태석은 적들에게 풀었다.

자신보다 약한 자들을 짓밟으며 울부짖었던 것이다.

그러나 강자에게 달려들 생각은 전혀 하지 않았다.

무모한 만용의 대가가 죽음이라는 것 정도는 그도 알고 있었다.

'빌어먹을!'

그래서 황보태석이 할 수 있는 일이라고는 잡졸들을 처리하거나 혹은 가문의 무사들과 함께 좀 더 강한 이를 협공하는 것밖에 없었다.

답답하지만 이게 황보태석의 현실이었다.

마음속으로 울분을 토해 내는 것밖에는 할 수 없는 게.

'젠장!'

거기다 황보태석을 더욱 작아지게, 좌절하게 만드는 건 서문예지였다.

오랫동안 그는 서문예지를 가슴에 품어 왔었다.

그런데 그 서문예지를 유하성이 빼앗아 갔다.

헛된 명성으로 말이다.

'내 것이었는데!'

부르르르!

황보태석의 전신이 떨렸다.

극도로 분노하는 것이었다.

물론 그의 생각은 지극히 주관적이었다.

하지만 황보세가의 위치라면 충분히 이루어졌을 수도 있었다.

유하성만 없었다면 말이다.

그렇기에 황보태석은 분노를 주체할 수가 없었다.

'저 자식만 없었다면! 저 새끼만 없었다면 서문예지는 물론이고 황주연도, 제갈령령도 내 것이 되었을 텐데!'

황보태석의 두 눈이 질투심으로 활활 불타오르기 시작했다.

이 모든 사태의 원흉이 유하성이라는 생각이 들어서였다.

특히 세 여인은 물론이고 남궁세가의 금지옥엽인 남궁희수마저 유하성에게 매달리고 있다는 사실이 그의 배알을 뒤틀리게 만들었다.

유하성이라는 존재 자체가 그의 인생에 있어 크나큰 걸림돌처럼 느껴졌던 것이다.

'저놈만 없었다면 내 인생이 달라졌을 텐데!'

질투는 곧 삐뚤어진 생각으로 이어졌다.

유하성이 없다고 해도 그 자리에 황보태석이 올라갈 가능성은 전무했다.

그럼에도 불구하고 황보태석은 모든 걸 유하성의 탓으로 돌렸다.

그래야지만 지금의 울분이 조금이라도 가시는 것 같아서였다.

'나야말로 패왕이라는 별호에 어울리건만!'

꾸우욱!

황보태석이 두 주먹을 움켜쥐었다.

비리비리한 유하성에게 패왕이란 별호는 어울리지 않았다.

오히려 그에게 훨씬 어울렸다.

그러나 세상은 그가 아닌 유하성에게 패왕이라는 칭호를 내렸다.

'저 새끼만 사라진다면……!'

황보태석의 두 눈이 시뻘게졌다.

무슨 생각을 하는지 흉흉한 안광을 토해 냈던 것이다.

누군가는 열등감을 스스로를 발전시키는 원동력으로 사용하지만 그렇지 않은 경우도 있었다.

아니, 오히려 반대의 경우가 훨씬 많았다.

찌릿!

여전히 이글이글 타오르는 눈빛으로 황보태석은 유하성만 노려봤다.

"음!"

명천이 미약한 침음을 흘렸다.

대막의 지배자답게 백랑성주의 무위는 예상했던 대로 대단했다.

백랑성주의 창과 부딪칠수록 손목이 뻐근해졌던 것이다.

더욱이 전성기가 훌쩍 지난 그와 달리 백랑성주는 한창때의 나이로 보였다.

"늙은이가 아직 힘이 있네? 뒷방 늙은이가 되었다고 들었는데."

"뒷방 늙은이가 된 건 맞는데 아직 사막을 어슬렁거리는 늑대 한 마리를 잡아 죽일 정도의 힘은 있다네."

"크흐흐흐!"

중원의 무복만 입혀 놓으면 중원인이라고 해도 이상하지 않을 정도로 평범한 인상을 가진 백랑성주가 히죽 웃었다.

역시 무당검선이라는 별호는 거저 얻은 게 아닌 듯싶어서였다.

육체는 쇠약해졌을지 모르나 공력과 경험은 더욱 심후해졌을 터였다.

그래서인지 백랑성주는 좀처럼 승기를 잡지 못했다.

'하나 그래도 내가 유리하다.'

거칠 것이 없던 대막과 달리 지금은 모든 공격이 막혔다.

우세는커녕 가까스로 평수를 이루고 있었다.

그러나 백랑성주는 조급해하지 않았다.

이 상태가 계속 유지된다면 아무래도 전성기의 육신을 가지고 있는 그가 유리할 수밖에 없어서였다.

'쌓은 내공의 차이도 그리 크지 않고. 이 정도면 할 만하다. 아니, 천하제일인이라는 성승과도 해볼 만해.'

백랑성주의 입가에 자신만만한 미소가 맺혔다.

사실 천하제이인이라는 명천이 나섰을 때 그는 내심 긴장했었다.

대막에서는 상대가 없었으나 중원무림은 달랐다.

고래로 대막보다는 중원무림의 수준이 높아서였다.

한데 막상 겨뤄 보니 불필요한 긴장이었다.

분명 중원무림의 수준은 높았으나 그렇다고 엄청나게 차이가 나는 건 아니었다.

'우선 무당검선부터 잡는다.'

백랑성주의 두 눈이 형형하게 빛났다.

명천을 죽이는 게 완전 불가능할 것 같지만은 않았다.

"날 죽일 수 있을 거라고 생각하는 모양이군."

"불가능할 것도 없지. 이 정도라면 충분히 해볼 만하다고 생각하는데."

"그렇게 생각할 수도 있지. 그 나이에 그만한 수준이라면. 하지만 지금 보여 주는 게 내 전부라고 생각하면 곤란해."

"당연하지. 그리고 그건 나 역시 마찬가지야. 지금의 내 힘이 내 전부는 아니다, 검선."

백랑성주가 의미심장하게 웃으며 받아쳤다.

명천이 본실력을 드러내지 않은 것처럼 백랑성주도 마찬가지였다.

그 역시 전력을 다하지 않았다.

"그럴 수도 있겠지. 그런데 전쟁은 혼자 하는 게 아니라서 말이야. 아직 주변이 눈에 안 들어오는 모양이야."

흠칫!

명천의 말에 백랑성주가 움찔거렸다.

어느 정도는 그의 말이 맞아서였다.

명천에 집중한다고 사실 그는 주변을 살피지 않았다.

정확하게는 부하들을 믿었다.

일단 수적으로 두 배 가까이 차이가 났을뿐더러 이쪽에는 귀단문의 비기라 할 수 있는 폭정단과 폭혈단이 있었다.

그것도 개량된 두 개의 환약이 있었기에 당연히 이쪽 연합이 백도무림을 압도할 거라 생각했다.

'음?'

그런데 실제로는 정반대였다.

분명 잘 싸우고는 있었다.

하지만 초반의 드높았던 사기는 완전히 사라져 있었다.

오히려 시간이 갈수록 백도무림의 기세가 올라가는 중이었다.

'벌써 셋이나 당했다고?'

특히 그를 당혹스럽게 만드는 건 십랑왕 중 세 명이 죽었다는 사실이었다.

본격적인 전투를 시작한 지 반 시진 흘렀을까 말까 한 시간이 지났을 뿐인데 열 명의 낭왕 중 셋이 당하자 백랑성주는 믿을 수가 없었다.

그러나 장대에 달린 세 개의 수급은 그가 알고 있는 세 사람의 머리였다.

"숫자는 승패를 가르는 중요한 요인이지. 하지만 무림의 전쟁에서 절대적이지는 않지."

"……확실히 저력이 있어. 그러나 마지막에 웃는 건 우리다. 지금은 어찌어찌 균형을 이루고 있지만, 과연 언제까지 버틸 수 있을까?"

백랑성주는 빠르게 신색을 가다듬었다.

예상과 달리 백도무림이 제법 잘 버티고 있었으나 이 균형이 무너지는 건 시간문제라고 생각했다.

가까스로 균형을 이루고 있는 만큼 시간이 흐르면 체력과 내공을 극심하게 소모해 자멸할 게 분명했다.

즉 꺼지기 직전의 불꽃처럼 마지막 힘을 쏟아 내는 것이라고 생각했다.

"대충 훑어봤군."

"뭐라고?"

"뭐, 상관없나. 어차피 지금 중요한 건 이 자리에서의 승부이니까."

"너도 죽고 여기 온 무당파 전원이 죽을 거다."

백랑성주가 이를 드러내며 말했다.

대놓고 명천을 도발했던 것이다.

그런데 그의 도발에도 불구하고 명천은 흥분하지 않았다.

예의 여유로운 표정으로 도리어 빙긋 웃었다.

"내가 지닌 힘이 부족하다면 그리되겠지. 하지만 나는 몰라도 본 문은 힘들 거야. 본 문은 강하거든."

"패왕을 믿는 건가?"

"하성이는 강하지. 그러나 본 문에는 하성이만 있는 게 아니다."

명천이 씨익 웃었다.

무당검선이라 불리며 중원무림을 호령하던 무인이 그였다.

하지만 무당파 전체를 놓고 보면 그저 강한 제자 중 한 명이었다.

그걸 명천은 뒤늦게 깨달았다.

'내가 지더라도 하성이가 있고, 무율이가 있다.'

옛날에는 자신이 아니면 안 된다고 생각했다.

무당파의 명성을 드높일 사람은 자신뿐이라고 생각했다.

그런데 그건 착각이었다.

무당파를 대표하는 건 맞지만 그가 무당파를 대신할 수는 없었다.

아니, 이제는 그가 무당을 대표하지 않았다.

그의 뒤를 이어 두 명이 무당을 대표했다.

'달이 차면 비워지듯이 사람 역시 마찬가지. 나의 시대는 저물었으나 대신 새로운 태양 두 개가 떠올랐으니.'

명천이 빙긋 웃었다.

든든한 후대가 있기에 그는 마음 편히 모든 걸 내려놓을 수 있었다.

그리고 장강후랑추전랑(長江後浪推前浪)이라는 말처럼 그가 밀려나는 건 자연의 이치이자 순리였다.

더욱이 그를 밀어내는 이가 차후 천하제일인이 될 가능성이 높았기에 명천은 평온한 마음으로 전력을 다할 수 있었다.

웅웅웅!

"지금 자네가 걱정할 건 딱 한 가지야. 이 자리에서 날 쓰러뜨리고 살아남는 것. 그것만 생각해야 해. 그러지 않으면 내 손에 죽게 될 테니까."

"어림없는 소리!"

본격적으로 진기를 끌어올리는 명천의 모습에 백랑성주 역시 단전의 공력을 모조리 끌어올렸다.

상대가 상대이니만큼 전심전력을 다하는 것이었다.

아니, 느껴지는 기도로 보건대 그래야만 했다.

명천의 말대로 모든 걸 쏟아붓지 않는다면 생사를 장담하기 힘들 듯했다.

"근데 아무래도 내가 이길 것 같아. 난 반드시 살아서 돌아가야 하는 이유가 있거든. 때로는 그 이유가, 간절함이 승부를 결정짓기도 하고."

"흥!"

백랑성주는 코웃음을 쳤다.

철혈의 군주라던 소문과는 너무나 달라서였다.

위엄이라고는 눈곱만큼도 찾아볼 수 없는, 동네 촌로와도

武當霸王
무당
패왕

같은 모습에 백랑성주는 조소를 가득 머금었다.

흘러간 세월처럼 무당검선이라 불리는 무인도 무뎌진 것 같아서였다.

웅웅웅!

그런데 그게 백랑성주에게는 나쁘지 않았다.

막강한 적을 쉽게 처치할 수 있다면 그것보다 좋은 일은 없었다.

"날 만만하게 보는 거 같은데, 그거 착각이야."

눈빛만 봐도 명천은 백랑성주가 무슨 생각을 하는지 알 수 있었다.

살아온 세월이 긴 만큼 눈치 역시 깊어졌다.

원래부터 눈치가 비상하기도 했고 말이다.

그래서 명천은 씨익 웃으며 일검을 휘둘렀다.

쩌어어엉!

이윽고 명천의 검에서 산을 쪼개 버릴 것 같은 무시무시한 기세의 검강이 뿌려졌다.

단순한 일도양단의 초식이었는데 펼치는 이가 명천이라 그런지 위력이 무시무시했다.

그의 검격에 허공이 일순 갈라지는 것처럼 보였다.

한데 백랑성주도 만만치 않았다.

"차합!"

가공할 명천의 검강을 정면으로 맞받아쳤던 것이다.

그뿐만 아니라 백랑성주는 수십 개의 창탄강기(槍彈罡氣)를 쏟아 냈다.

검강을 상쇄하는 걸 넘어 반격까지 가했던 것이다.

이윽고 명천의 전방이 수십 개의 창탄강기로 가득 찼다.

"후후후."

어디 한번 막아 보라는 표정으로 창탄강기를 쏟아 내는 백랑성주의 모습에도 명천은 웃었다.

이 정도로는 그를 당황하게 만들 수 없다는 듯이 말이다.

그리고 그걸 명천은 증명해 보였다.

굳이 검을 휘두를 것 없이 주변에 수십 개의 강환을 생성해서는 그대로 날렸다.

꽈과과과광!

잠시 후 허공에서 두 사람의 공격이 격돌했다.

그러자 지진과 함께 굉음과 폭발이 쉴 새 없이 이어졌다.

동시에 둘의 주변이 초토화되었다.

강기와 강환이 부딪치자 폭발도 폭발이지만 후폭풍이 어마어마했던 것이다.

스윽.

순식간에 반경 수십 장을 뒤덮어 버리는 모래폭풍 속에서 명천은 검을 놓았다.

물론 싸움을 포기한 건 아니었다.

오히려 제대로 싸우기 위해 검을 놓은 것이었다.

쌔애애액!

명천의 손에서 떨어진 검은 놀랍게도 바닥으로 떨어지지 않았다.

대신 빛살과 같은 속도로 짙은 먼지구름을 갈랐다.

놀랍게도 백랑성주를 향해 정확히 날아갔던 것이다.

하지만 명천의 바람과는 달리 백랑성주에게 닿지는 못했다.

까아앙!

대신 청아한 소리가 먼지구름을 가르며 흘러나왔다.

그런데 그게 한두 번이 아니었다.

연이어서 충돌하는 소리가 들려왔다.

휘이이잉.

평야를 휩쓸고 지나가는 강풍에 먼지구름이 단번에 걷혔다.

그러자 청아한 소리의 근원지가 드러났다.

바로 백랑성주의 창과 명천의 검이 충돌하는 소리였다.

한데 놀랍게도 백랑성주 역시 창에서 손을 놓은 상태였다.

"이기어창이라."

"중원의 무인들만 이기어검을 펼칠 줄 안다고 생각하면 오산이다."

백랑성주가 자신만만하게 말했다.

비장의 한 수는 그 역시 가지고 있었다.

그러나 기세등등한 태도에도 명천의 표정은 별반 달라지지 않았다.

긴장할 법도 한데 그런 기색이 전혀 보이지 않았던 것이다.

쩌어엉! 쩌엉!

그러는 사이에도 허공에서는 연신 검과 창이 격돌했다.

둘 다 대화를 하면서도 검과 창을 조종하는 걸 멈추지 않았던 것이다.

다만 약간의 수준 차이는 있었다.

명천이 눈동자로 검을 조종하는 것과 달리 백랑성주는 손가락이 미세하게 꿈틀거렸다.

아직 그의 수준이 명천보다는 약간 아래인 것이었다.

하지만 백랑성주는 기죽지 않았다.

파아앗!

이 정도 차이는 충분히 뒤집을 수 있다고 생각해서였다.

무위는 그가 약간 부족할지 모르나 육체 능력은 명천보다 월등했다.

백랑성주는 그 이점을 최대한 이용할 생각이었다.

적의 약점을 후벼 파고 자신의 장점을 활용하는 건 싸움의 기본이었다.

"끄아아악!"

땅을 박찬 백랑성주가 허공을 가를 때 익숙한 비명 소리가 들려왔다.

듣는 순간 누구의 비명인지 알 수 있을 정도로 말이다.

더불어 주위의 상황이 그의 시야에 들어왔다.

주변이 어떻게 흘러가는지 뒤늦게 눈에 보였던 것이다.

푸욱! 푹!

섬뜩한 파육음과 함께 백랑성주의 동공이 확대되었다.

왜냐하면 파육음의 주인공이 검랑왕(劒狼王)이었기 때문이
다.

열 명의 낭왕들 중에서도 세 손가락 안에 들어가는 검랑왕
이 피투성이가 된 채로 목이 꿰뚫리는 모습에 백랑성주는 믿
을 수가 없었다.

그러나 이건 시작에 불과했다.

"커헉!"

"끅!"

검랑왕에 이어 철랑왕(鐵狼王), 묵랑왕(墨狼王) 역시 쓰러져
서였다.

그리고 그 중심에는 무당파를 상징하는 푸른 무복을 입은
청년이 있었다.

중원에서 패왕이라 불리는 무인이 말이다.

"전쟁은 혼자 하는 게 아니지."

"큭!"

사생결단을 내는 중이라고는 믿기 힘들 정도로 평온한 음

성이 들려왔다.

하지만 그건 목소리뿐이었다.

파고드는 검에는 자비가 없었다.

만약 조금이라도 늦게 피했다면 머리카락이 아니라 머리가 꿰뚫렸을 터였다.

주르륵.

검풍에 피부가 갈라진 것인지 관자놀이가 따끔거렸다.

그러나 백랑성주는 지혈을 할 여유가 없었다.

아주 잠깐 집중력이 흐트러진 대가로 백랑성주는 공격의 주도권을 빼앗겨서였다.

벼락같이 파고드는 검에 백랑성주는 분한 표정으로 창을 붙잡았다.

까가가강!

이왕 수세에 몰린 거 공력이라도 절약하기 위해서였다.

그러면서 방어에 집중했다.

아무래도 공격하는 쪽의 체력과 내공 소모가 클 수밖에 없기에 백랑성주는 그걸 노렸다.

다만 문제는 그 속셈을 명천 역시 알고 있다는 점이었다.

'쉽게 풀리겠어.'

명천이 내심 미소 지었다.

생각했던 것보다 싸움이 쉽게 풀릴 것 같아서였다.

백랑성주는 당연히 반전을 노리겠으나 지금의 결정이 그

의 발목을 붙잡을 게 분명했다.

아무리 시간을 끌어도 백랑성주가 기다리는 기회는 오지 않을 터였다.

'얼른 끝내고 소향이를 보러 가야지.'

애초에 명천은 처음부터 무리할 생각이 없었다.

힘이 부족해서 지는 거라면 무인답게 깨끗이 승복하고 죽을 생각이었다.

그런데 상황이 예상보다 쉽게 풀리고 있었다.

역시나 가장 큰 변수라 생각했던 유하성과 이춘상, 현광 덕분에 말이다.

　　　　　　　　※

이춘상에 이어 현광을 도와준 유하성은 곧바로 다른 낭왕들에게 향했다.

백랑성의 가장 큰 전력인 만큼 낭왕들의 숫자를 줄이면 줄일수록 백도무림에 이득이라고 생각해서였다.

물론 문제가 없는 건 아니었다.

낭왕들을 맡고 있는 이들은 구대문파의 장문인이거나 명문세가의 가주였기에 함부로 끼어들 수 없었다.

그래서 유하성은 먼저 주변 정리부터 했다.

자연스럽게 자신이 왔다는 걸 볼 수 있도록 말이다.

"큭!"

그런데 그 효과가 상당했다.

낭왕들 정도쯤 되면 용모파기를 통해 유하성의 얼굴을 알고 있었다.

때문에 유하성을 보자 손발이 꼬이기 시작했다.

혹시라도 유하성이 가세한다면 자신이 불리하다는 걸 잘 알아서였다.

"도와주실 수 있으시겠습니까, 유 공자?"

반면에 제갈민처럼 먼저 도움을 청하는 경우도 있었다.

제갈세가의 수장이지만 제갈민은 무력보다는 지력으로 유명한 인물이었다.

그렇다고 무공이 크게 떨어지는 건 아니었으나 남궁수나 독제라 불리는 사천당가주에 비하면 많이 부족했다.

그래서 제갈세가의 현천대와 함께 륜낭왕(輪狼王)을 상대했는데 유하성이 다가오자 제갈민은 반색하며 도움을 청했다.

"원하신다면 그리하겠습니다."

"저야 당연히 좋을 수밖에요."

무인의 자존심은 때론 목숨보다 중요했다.

자존심을 굽히느니 죽음을 택하는 이가 상당할 정도로 말이다.

그래서 섣불리 가세할 수 없었는데 제갈민이 먼저 부탁했기에 유하성은 망설이지 않고 륜낭왕을 향해 달려들었다.

"네놈은!"

꽈아아앙!

갑자기 난입한 유하성의 모습에 륜낭왕이 대경했다.

설마하니 이렇게 유하성이 가세할 줄은 몰라서였다.

그런데 참전하는 인원은 유하성만이 아니었다.

"나도 있단 말이지!"

"큭!"

유하성의 권격을 막아 내기 무섭게 등 뒤에서 맹렬한 기파가 솟구쳤다.

바로 이춘상의 등장이었다.

바늘 가는 데 실 가는 게 당연하다는 듯이 이춘상은 륜낭왕의 등 뒤에서 등장하며 강룡십팔장을 뿌렸다.

처음부터 맹공을 퍼부은 것이었다.

츠츠츠츠!

하지만 륜낭왕의 위기는 이게 다가 아니었다.

유하성과 이춘상의 곁에는 한 명이 더 있었다.

그걸 알려 주려는 듯 사방에 매화향이 가득 차기 시작했다.

바로 현광이 흩뿌리는 검향이었다.

끄그그궁!

세 방향에서 동시에 펼쳐지는 협공에 륜낭왕은 손에 들고 있던 두 개의 커다란 륜을 방패처럼 사용했다.

모든 공격이 다 강력했기에 우선은 방어에 집중했던 것이다.

동시에 륜낭왕은 눈알을 굴렸다.

이춘상과 현광은 몰라도 유하성은 강적이었다.

'여기에 왔다는 건 권랑왕이 죽었다는 뜻.'

륜낭왕이 아랫입술을 깨물었다.

그는 섬서성에 들어올 때부터 권랑왕이 노래 부르듯 지껄이던 말을 선명하게 기억하고 있었다.

유하성은 자신의 것이라고 말이다.

그리고 전투가 벌어지자마자 권랑왕은 유하성을 찾아 이동했었다.

'혼자서는 무리다.'

제갈민과 제갈세가의 무력 조직은 까다롭기는 해도 상대하지 못할 정도는 아니었다.

실제로 시간이 흐를수록 그가 우세를 점해 가고 있었고.

그러나 유하성이 합류한다면 이야기가 달라졌다.

다른 낭왕이 도와주러 오지 않는 이상 그의 필패였다.

"주군!"

"저희가 왔습니다!"

그때 륜낭왕의 귓가로 익숙한 목소리가 들렸다.

바로 그의 직속 수하들이자 백랑성에서도 열 손가락 안에 들어가는 전투부대인 륜랑대(輪狼隊)가 달려오는 것이었다.

武當霸王
무당
패왕

유하성과 이춘상, 현광의 합세에 륜랑대는 서문세가의 무인들과 싸우던 걸 멈추고 이쪽으로 뛰어왔다.

륜낭왕이 위기에 처하자 힘을 보태기 위해 달려오는 것이었다.

"어딜!"

"더 이상은 못 간다!"

하지만 그들은 륜낭왕에게 다가가지 못했다.

제갈세가의 현천대가 막아서서였다.

특유의 끈끈한 조직력으로 물고 늘어지는 현천대의 방해에 륜랑대주가 다급하게 철륜을 휘둘렀으나 현천대는 영악했다.

굳이 륜랑대를 쓰러뜨리려 하지 않았다.

시간만 끌어도 자신들이 유리하다는 걸 잘 알았기에 현천대는 공격보다 방어에 치중했고, 그럴수록 륜랑대의 행동은 커지고 실수가 하나둘 터졌다.

거기다 현천대의 뒤에는 제갈민이 있었다.

퍼퍼퍽!

검제나 독제에 가려져 있어서 그렇지 제갈민의 실력도 많이 뒤떨어지는 건 아니었다.

그 역시 오대세가 중 한 곳인 제갈세가를 이끄는 수장이었다.

기본적인 무력은 갖추고 있었을뿐더러 지금 이 자리에는

현천대가 함께 있었기에 제아무리 대막에서 악명 높은 륜랑대라 하더라도 충분히 상대할 수 있었다.

"커허헉!"

"크륵!"

게다가 륜낭왕이 없는 륜랑대는 제갈세가의 상대가 아니었다.

륜낭왕과 함께하는 륜랑대라면 제갈세가라 할지라도 승리를 장담할 수 없겠지만 지금 륜낭왕은 유하성과 이춘상, 현광을 상대하느라 정신이 없었다.

쿠카카캉! 터어엉!

따로 손발을 맞춘 적이 없음에도 세 사람의 협공은 매서웠다.

협공을 한 적은 없어도 대련은 자주 했기에 서로에 대해서 잘 알고 있는 것이었다.

그런데 륜낭왕의 악재는 여기서 그치지 않았다.

검랑왕을 쓰러뜨린 남궁수가 어깨에 피를 묻히고서 합류한 것이었다.

"내가 가세했다고 기분 상한 건 아니지?"

"그럴 리가요. 저희도 나중에 끼어든 건인데."

"그럼 다행이고."

꽈직!

유하성의 담담한 대답에 남궁수가 씨익 웃었다.

그러나 그가 날린 강환은 결코 가볍지 않았다.

지금껏 잘 버텨 왔던 륜낭왕의 철륜 하나가 남궁수의 일격을 버티지 못하고 동강 나 버린 것이었다.

"으랏차!"

그 틈을 이춘상은 놓치지 않았다.

가장 경신술이 뛰어나다는 걸 증명하듯 제일 먼저 파고들어서는 강룡십팔장을 꽂아 넣었다.

우드득!

절묘하게 파고드는 이춘상의 일격을 륜낭왕이 눈부신 임기응변을 발휘하여 팔뚝으로 막았으나 한계가 있었다.

남궁수의 강환을 막으면서 충격이 누적되어 있었기에 연이은 이춘상의 강격을 버텨 내지 못했던 것이다.

그 결과 륜낭왕은 애병과 마찬가지로 팔뚝의 뼈가 부러졌다.

서걱.

그리고 뒤이어 오른팔도 잘렸다.

현광 역시 가만히 있지 않은 것이었다.

륜낭왕의 시선이 이춘상에 쏠린 틈을 타 현광은 암향표로 소리 없이 다가가서는 단숨에 어깻죽지부터 오른팔을 잘라 냈다.

투욱.

마지막은 유하성이 장식했다.

두 친구들이 양팔을 무력화시키자마자 당당하게 다가가서는 내가중수법으로 심장을 터트렸다.

"이 내가, 이 몸이 여기에서……."

주르륵.

비통함이 가득한 눈빛으로 륜낭왕이 중얼거렸다.

좀 전과 달리 무기력한 목소리로 말이다.

이윽고 입에서 흘러나오는 검은 피처럼 륜낭왕의 몸도 싸늘히 식어 가기 시작했다.

"어깨는 다치신 겁니까?"

"긁힌 거야, 긁힌 거. 검랑왕이라는 녀석이 제법 하더라고. 사존보다는 강하다고 할까. 아마 자네였다면 쉽지 않은 승부였을 거야."

남궁수는 자연스럽게 화제를 돌렸다.

이런 쪽팔린 대화는 하고 싶지 않아서였다.

그래서 그는 아주 자연스럽게 제갈만이 있는 곳으로 시선을 옮겼다.

친우의 실력을 믿지만 그래도 혹시 몰라서였다.

"그렇습니까. 그럼 저는 이만."

"미래의 장인어른인데 너무 야박한 거 아닌가?"

"아직은 아니죠."

"그래도 예비 장인어른은 될 텐데?"

"이 대화는 나중에 하시죠."

武當霸王
무당
패왕

섭섭하다는 듯이 투덜대는 남궁수였으나 유하성은 단칼에 말을 잘랐다.

한가하게 이런 대화를 나누고 있을 때가 아니었기 때문이다.

지금 이 순간에도 전장 곳곳에서는 생사가 갈리고 있었다.

그중에 무당파의 제자가 있을 수도 있었기에 유하성은 곧바로 몸을 날렸다.

"이러다가 우리가 먼저 쓰러지겠다."

"하지만 우리가 힘든 만큼 한 명이라도 더 생명을 구할 수 있다."

"그건 맞는 말이지만."

정석과도 같은 현광의 말에 이춘상이 입맛을 다셨다.

그리고 그걸 모르지 않았다.

다만 쉬지 않고 이동하며 싸우니 제아무리 강철 체력을 만들었다고 하더라도 지칠 수밖에 없었다.

그리고 그건 앞서 달려가는 유하성도 마찬가지일 터였다.

"할 수 있는 데까지는 해 봐야지. 그렇다고 죽을 정도로 무리를 해서는 안 되지만."

"현광이 말이 맞아."

"알아. 나도 안다고. 본 방에서는 나도 귀한 몸이야."

현광과 유하성의 말에 이춘상이 입을 삐죽 내밀었다.

슬슬 힘에 부치는 건 사실이지만 죽을 만큼 힘들지는 않았다.

그 차이에 대해서 이제는 잘 알았기에 이춘상은 더 이상 군말하지 않고 적들을 쓰러뜨렸다.

'승기는 기울어졌다.'

손에 걸리는 흑점의 무인들을 처치하며 유하성이 냉정한 눈으로 전황을 살폈다.

낭왕들이 하나둘 쓰러지면서 전장의 저울은 한쪽으로 서서히 기울기 시작했다.

초반의 수적 열세에도 불구하고 균형을 맞추는 데 이어 드디어 승기를 가져오기 시작했던 것이다.

게다가 백랑성주와의 대결도 명천에게 기울고 있었다.

대결은 백중세였으나 유하성의 눈에는 보였다.

초조한 백랑성주와 달리 명천의 얼굴에는 여유가 깃들어 있는 게 말이다.

게다가 무경도 근소하게 명천이 위였다.

'육체와 체력적인 부분에서는 밀리지만 심리적인 요인을 생각하면 유리해.'

흑점주와 귀단문의 장로 역시 크게 밀리지는 않고 있었다.

하지만 그렇다고 마음을 놓기에는 아직 일렀다.

번천회를 창설하며 전쟁을 일으킬 당시 십천회는 만반의 준비를 다했었다.

백도무림을 멸절시킬 생각으로 말이다.

그런 만큼 이번 역시도 준비한 게 있을 터였다.

이미 한 번 실패한 만큼 더욱 철저하게 준비했을 가능성이 컸다.

'아직까지는 딱히 준비한 게 보이지 않지······.'

스극.

주변을 넘어 무당파의 진영을 살피던 유하성의 동공이 일순 커졌다.

느닷없이 등 뒤에서 예기가 느껴져서였다.

다행히 늦지 않게 머리를 꺾긴 했으나 머리카락이 잘리는 건 어쩔 수 없었다.

그런데 습격자는 한 명이 아니었다.

스스슥!

적아를 막론하고 그림자에서 암행복을 입은 살수들이 우후죽순처럼 솟아났던 것이다.

그리고 목표는 유하성이었다.

수십 명의 암살자들이 오직 유하성만을 노리고서 달려들었다.

"독이다! 조심해!"

방어는 도외시하고 오로지 유하성만 죽이겠다는 듯이 달려드는 암살자들의 모습에 조금 떨어져 있던 이춘상이 다급하게 소리쳤다.

햇빛을 반사시키는 기분 나쁜 묵광이 무엇을 뜻하는지 모르지 않아서였다.

게다가 이곳에는 사천당가의 무인도 없기에 독은 더욱 치명적일 수밖에 없었다.

"흐읍!"

부지불식간에 일어난 기습에, 그것도 그림자에 숨어 있다가 습격할 줄은 몰랐기에 천하의 유하성이라도 당황할 수밖에 없었다.

이런 식으로 그를 기습할 줄은 몰라서였다.

웅웅웅!

그러나 몸의 반응은 기민했다.

머리보다 먼저 몸이 반응하며 호신강기를 일으켰다.

사방은 물론이고 허공에서도 몸을 날려 공격해 왔기에 현재로서는 호신강기가 최선이었다.

한데 암살자들은 그조차도 예상한 듯했다.

꿈틀꿈틀.

모두가 암살자들의 등장으로 정신이 없을 때 그 틈을 이용해서 누군가 지둔술을 펼쳤다.

수많은 이들이 모여 있는 전장이라는 이점을 이용해 자신의 기척을 숨기고서 은밀히 유하성이 서 있는 곳으로 다가갔던 것이다.

그러고는 이내 몸을 폭사시켰다.

쫘아아앙!

정확히 유하성의 발밑에 도착한 암살자는 최대한 몸을 수직으로 솟구치면서 자폭했다.

그래야 유하성에게 최대한의 피해를 입힐 수 있어서였다.

그런데 폭발은 한 번에 그치지 않았다.

콰아앙! 꽈앙!

각기 다른 방향으로 지둔술을 펼치며 다가왔던 암살자들은 먼저 폭사한 한 명이 길을 열어 두자 곧바로 자폭했다.

진천뢰는 없지만 개량한 폭혈단으로 진천뢰를 대신한 것이었다.

물론 한 명의 폭발력은 그리 크지 못했다.

하지만 그게 수십 명이라면 이야기가 달라졌다.

"큭!"

처음에는 공간의 한계 때문에 순차적으로 폭사할 수밖에 없었다.

그러나 두세 명이 터진 후부터는 이야기가 달랐다.

앞서 나아간 이가 땅굴을 뚫어 놓았기에 이동이 간편해졌고, 먼저 폭사한 이 덕분에 땅굴과 연결된 구덩이 역시 넓어졌다.

그 결과 수십 명이 연쇄적으로 유하성에게 달려가 자폭했다.

콰콰콰쾅!

호신강기라고 해도 절대적이지는 않았다.

또한 몸 전체를 보호하려면 내공 소모도 극심했다.

거기다 유하성은 권랑왕에 이어 계속 전투를 치러 왔기에 내공과 체력이 꾸준히 소모된 상태였다.

즉 최악의 상태에서 덫에 걸린 것이었다.

"하성아!"

"비켜라!"

그걸 이춘상과 현광은 너무나 잘 알았기에 다급히 몸을 날렸다.

하지만 이조차도 흑점과 귀단문은 예상하고 있었다.

유하성을 죽이기 위해서는 두 사람을 반드시 떼어 놓아야 한다는 걸 말이다.

게다가 셋을 떨어뜨려 놓으면 또 다른 기회를 만들 수 있었다.

"이놈들도 죽여!"

"같이 날려 버리는 거다!"

유하성만큼은 아니지만 이춘상 역시 번천회 때부터 흑점이 하는 일을 사사건건 방해했던 인물이었다.

게다가 현광 역시 이춘상 못지않은 강자였기에 나중에는 큰 걸림돌이 될 게 뻔했다.

그래서 흑점과 귀단문은 이번 기회에 두 사람 역시 처리하기로 결정했다.

물론 백랑성에게는 알리지 않은 채로 말이다.

콰콰콰쾅!

자고로 비밀 작전은 아는 이가 적을수록 효과적인 법이었다.

그리고 힘을 합치기는 했으나 백랑성은 대막의 세력이었다.

끝까지 믿을 수 있는 이들이 아니었기에 흑점과 귀단문은 백랑성을 배제하고서 이번 작전을 수립했다.

이미 맡은 바 역할을 다해 주기도 했고.

"크윽!"

"윽!"

갑자기 파도처럼 밀려오던 적들이 자폭 공격을 하자 이춘상과 현광의 입에서 억눌린 신음이 터져 나왔다.

유하성과 마찬가지로 두 사람 다 체력과 내공 소모가 극심한 상태였기에 이런 식의 공격에는 취약할 수밖에 없어서였다.

"더 몰아붙여!"

"지금이 기회다! 다음은 없어!"

흑점과 귀단문은 오직 이 순간만을 위해 기다리고 기다렸다.

세 사람이 맹활약할 것까지 예상하며 이 판을 짰다.

절대 빠져나갈 수 없는 덫을 말이다.

"끄으윽!"

그리고 그건 효과가 있었다.

폭발로 인해 시야가 차단된 건 물론이고 이춘상과 현광을 따로 떨어뜨려 놓았던 것이다.

물론 두 사람이라고 해서 가만히 있던 건 아니었다.

언제까지고 자폭이 계속될 수만은 없기에 호신강기를 최대한 효율적으로 펼쳤다.

내공을 아끼면서 버티면 기회가 올 거라고 생각한 것이었다.

게다가 이곳에는 세 사람만 있는 게 아니었다.

'둘도 잘 버티고 있을 거다!'

끊임없이 이어지는 폭발 속에서 이춘상은 이를 악물었다.

계속해서 폭발이 일어나며 호신강기를 두드렸다.

동시에 충격 역시 누적되었다.

하지만 이춘상은 이를 악물고서 버텼다.

'이 정도 폭발이 일어났는데 가만히 있을 리가 없다.'

이춘상은 믿었다.

아니, 믿을 수밖에 없었다.

가뜩이나 부족했던 내공이 호신강기를 유지하느라 순식간에 바닥을 드러내고 있었다.

그렇기에 초조했다.

내공이 바닥난다면 그의 신세 역시 폭사하는 이들과 똑같아질 게 분명해서였다.

동시에 적이 정말 철저하게 준비하고 계획했음을 느낄 수 있었다.

'이대로, 이대로 죽을 수는……!'

호신강기를 펼친 상태라고 해서 움직일 수 없는 건 아니었다.

그러나 문제는 전후좌우는 물론이고 위아래에서도 폭발이 계속 이어진다는 것이었다.

게다가 폭발로 인해 시야는 물론이고 방향조차 제대로 알 수가 없었다.

쿠그그긍!

그런데 그 순간 발바닥에서 묘한 진동이 느껴졌다.

동시에 땅거죽이 크게 출렁였다.

파도처럼 지면이 출렁거리며 밀려 났던 것이다.

더불어 폭발 역시 밀렸다.

'기회다!'

자폭 공격은 분명 위협적이었다.

그러나 거리가 멀다면 전혀 위협이 되지 않았다.

더욱이 죽은 자는 생각할 수도, 움직일 수도 없기에 지금과 같은 상황에서는 그저 지면의 흐름대로 따라갈 수밖에 없었다.

그리고 그건 이춘상에게 기회였다.

"괜찮냐?"

그 기회를 이춘상이 놓칠 리 없었다.

그래서 기다렸다는 듯이 한쪽 방향으로 몸을 날리는데 그곳에 유하성이 있었다.

"어? 방금 전 일, 네가 한 거야?"

"이게 가장 간단하니까."

"역시 괴물이라니까."

"살려 준 대가가 욕이냐?"

"욕이라니. 칭찬이지. 근데 너 괜찮냐?"

유하성의 기지를 칭찬하며 히죽 웃던 이춘상이 두 눈을 껌뻑거렸다.

뒤늦게 유하성의 창백한 안색이 눈에 들어와서였다.

"걱정은 나중에. 지금은 정리부터 하자고."

"넌 잠시 쉬어. 너 대신에 나서 줄 사람이 많으니까."

이춘상이 유하성의 어깨를 두드렸다.

암만 봐도 지금은 쉬어야 할 때인 거 같아서였다.

사실 그도 티는 내지 않고 있었지만 다리가 후들거리고 있었다.

상처는 없었지만 자폭 공격으로 인해 신체에 누적된 충격이 상당했다.

"감히 내 예비 사위를!"

"화살로 공격해라! 절대 다가가지 못하게 해라!"

이춘상의 말이 끝나기 무섭게 남궁수와 제갈민이 나타났

武當霸王
무당
패왕

다.

연이은 폭발에 세 사람을 도와주러 한달음에 달려온 것이
었다.

정확하게는 유하성을 지키기 위해서였지만 이춘상은 좋은
게 좋은 거라고 생각했다.

"왠지 모르게 씁쓸한데."

"나도 같은 처지야. 그냥 여유가 없어서라고 생각하자고."

입을 삐죽 내미는 이춘상을 어느새 다가온 현광이 달랬다.

여유가 없어 구하러 오지 못한 건 화산파도 마찬가지였다.

그리고 실질적으로 유하성을 구하러 온 건 무당파가 아니
라 남궁세가와 제갈세가였다.

"전혀 위로가 안 돼. 그보다 너, 요상약이라도 먹어야 하
는 거 아냐?"

"괜찮아. 잠깐 과하게 진기를 사용해서 그래. 조금만 시간
이 지나면 괜찮아진다."

이춘상이 걱정스러운 표정으로 유하성을 바라봤다.

그 정도로 안색이 좋지 못해서였다.

지금껏 유하성을 봐 왔지만 이 정도로 몸 상태가 안 좋은
건 처음이었다.

"그리고 날 걱정할 때가 아니지. 너도 안 좋은 거 같은데.
현광도 마찬가지고."

"들켰나?"

"하하하."

이어지는 유하성의 말에 이춘상과 현광이 머쓱한 표정을 지었다.

멀쩡한 척하고 있었지만 두 사람의 몸 상태 역시 정상이 아니었다.

사실 그만한 폭발을 버티고 이렇게 서 있는 것만 하더라도 대단한 일이었다.

"함정에 제대로 걸렸어. 이런 걸 준비하고 있었을 줄이야."

"그만큼 내가 눈엣가시였다는 거겠지."

"어허! 나도 마찬가지야. 그러니까 나에게도 공격했겠지!"

여기서도 자존심을 세우는 이춘상의 모습에 유하성이 피식 웃었다.

그러면서 유하성은 체내의 상태를 살폈다.

마지막에 없는 공력을 모조리 쥐어짠 탓에 기맥이 상당히 뒤틀린 상태였다.

심각한 정도는 아니지만 놔두면 돌이킬 수 없는 내상으로 변할 수 있기에 유하성은 임시방편으로 운기요상을 했다.

"그만 떠들어. 하성이 운기요상 하는 데 방해된다."

"어? 뭐라고?"

현광의 말에 이춘상이 두 눈을 부릅떴다.

그러고는 기감을 집중했다.

사실인지 아닌지 파악하려는 것이었다.

"이거 받아."

"괜찮아. 요상약은 나도 있어. 아직 먹을 정도는 아냐."

이춘상의 동공이 흔들렸다.

현광의 말이 맞아서였다.

그사이 현광이 품속에서 화산파 비전으로 만든 요상약을 꺼냈으나 유하성은 고개를 저었다.

"혹시라도 필요하면 말해."

"나보다는 네가 먹어야 할 것 같은데."

"안 그래도 하나 먹으려고."

현광이 씨익 웃으며 목함을 열어 요상약 하나를 꺼내 입에 넣었다.

그러고는 잘근잘근 씹었다.

유하성과 마찬가지로 내상이 그리 심하지는 않지만 그래도 혹시 몰라서였다.

방금 전과 같은 일이 또 벌어지지 말라는 법이 없었기에 현광은 약식으로나마 운기요상을 했다.

"어, 남으면 나도 좀 줘."

"개방은 없나?"

"우리는 먹을 것도 없어서 빌어먹는데."

"아, 그랬지."

가진 건 없어도 이춘상은 당당했다.

뻔뻔함은 거지에게 있어 필수 덕목이었기 때문이다.

그리고 사실을 굳이 숨기거나 부끄러워할 필요는 없었다.

"고맙다."

"뭘 이런 걸 가지고."

이춘상이 화산파 비전의 요상약을 꼭꼭 씹어 먹을 때 유하성은 심유한 눈으로 전장을 살폈다.

수백 명이 죽어 나갈 동안에도 치밀하게 함정을 파 놓고 기다린 게 흑점과 귀단문이었다.

그렇기에 유하성은 분명 이게 다가 아닐 거라고 생각했다.

"사숙! 괜찮으십니까?"

"아직은. 근데 나보다 너희들을 걱정해야 할 것 같은데."

뒤늦게 유하성에게로 원상과 원호, 원경이 다가왔다.

그런데 셋 다 피투성이였다.

다행히 치명상은 없어 보였지만 그렇다고 몸 상태가 괜찮은 건 아닙니다.

"이 정도는 침 바르면 낫습니다."

"발라 봐. 낫나 보게."

"아하하하."

호기롭게 대답했던 원호가 어색하게 웃었다.

그러면서 슬그머니 시선을 피했다.

침만으로 낫기에는 상처가 제법 깊어서였다.

"승기는 잡아 가는데 이게 끝일 거 같지 않단 말이지."

"내 생각도."

현광이 준 요상약을 잘근잘근 씹어 먹던 이춘상이 눈을 빛냈다.

그 역시 유하성과 같은 생각이었다.

과거에도 비밀리에 많은 걸 준비했던 번천회였다.

더욱이 한 번 패퇴했다가 다시 도전했다면 그만한 이유가 있을 거라고 생각했다.

"뭐지? 진천뢰가 있다면 진즉에 사용했을 테고. 여기는 지형적으로 화탄을 사용하기에 용이하지 않은 장소고."

"좀 더 몰리면 사용하겠지. 아니면 아직 준비가 덜 됐거나."

"이왕이면 준비한 게 끝났으면 좋겠는데."

이춘상이 진심을 담아 말했다.

사실 아까 전의 자폭 공격만 하더라도 매우 위험했었다.

순간적으로 죽음을 떠올릴 정도로 말이다.

만약 유하성이 무리해서 땅거죽을 파도처럼 만들어 폭사하는 이들을 함께 밀어 내지 못했다면 그는 이렇게 멀쩡히 서 있지 못했을 것이었다.

"나도."

"그럼 생각을 달리해 보자."

"어떻게?"

이춘상의 말에 유하성을 비롯해서 모두의 시선이 그에게

로 집중되었다.

말투로 보건대 좋은 생각이 있는 것 같아서였다.

"관점을 비틀어 보자. 만약 저들이 준비한 게 있다고 쳐. 그럼 이걸 막을 수 있는 가장 좋은 방법은 뭘까?"

"미연에 방지하는 거지."

"맞아. 준비한 게 있어도 실행하지 못하면 말짱 꽝 아냐?"

유하성이 살짝 놀란 표정으로 이춘상을 쳐다봤다.

이런 묘안을 생각해 낼 줄은 몰라서였다.

다른 이들도 유하성과 같은 생각인지 다들 똑같은 눈빛으로 이춘상을 쳐다봤다.

"웬일이래?"

"궁하면 통하는 법이지. 그리고 난 죽고 싶지 않아. 아직 왕의 칭호를 얻지 못했다고! 네가 가졌는데 나라고 못 가질 건 없지!"

"그런 이유였냐."

"이게 얼마나 큰 이유인데!"

이보다 더 중요한 건 없다는 듯이 이춘상이 소리쳤다.

그러나 유하성은 이춘상을 일별하며 일행을 돌아봤다.

"나는 춘상이의 의견대로 해 보는 것도 나쁘지 않다고 생각해."

"나 역시. 실패해도 잃을 건 없어. 어차피 이기기 위해서는 계속 싸워야 해."

"맞아. 그러니까 임무를 두 개로 나눌 거야. 하나는 흑점과 귀단문의 간부들을 처리하는 거야. 지시를 내리는 이들부터 처리하는 거지. 두 번째는 흑점과 귀단문의 숫자를 줄이는 거야."

"백랑성을 제외하자는 말이지?"

"맞아. 비장의 수인 만큼 백랑성에게는 알려 주지 않았을 거야."

현광은 물론이고 원상과 원호, 원경도 고개를 끄덕였다.

아까 자폭 공격을 할 때 백랑성은 전혀 동조하지 않았다.

오히려 자폭 공격에 백랑성의 무인들이 휘말려 죽었었다.

"바로 전달해야겠군. 더 큰 피해가 생기기 전에."

"저희가 돌아다니면서 계획을 전달하……."

삐이이익!

현광에 이어 말을 하던 원상의 입이 다물어졌다.

난데없이 들려오는 강렬한 뿔피리 소리에 본능적으로 입과 귀를 막은 것이었다.

그 정도로 전장을 가로지르는 뿔피리 소리는 높고 날카로웠다.

게다가 한 곳에서만 흘러나오는 게 아니었다.

"윽! 뭐야?"

내공이 가득 실려 있는 소리였기에 음공과도 같은 위력을 발휘했다.

그러나 이춘상은 두 손으로 귀를 막으면서도 사방을 빠르게 살폈다.

누가, 그리고 무엇 때문에 뿔피리를 부는 건지 확인하기 위해서였다.

그런데 이춘상의 행동보다 폭발이 더 빨랐다.

콰콰콰쾅!

뿔피리가 울려 퍼진 것과 동시에 전장 곳곳에서 폭발과 함께 육편이 치솟았다.

마치 폭혈단을 먹은 것처럼 온몸이 부풀어 오르며 터졌던 것이다.

하지만 한 가지 명확한 차이점이 있었다.

폭혈단의 경우 스스로가 결정을 내리고 삼켰다면 지금은 그렇지 않았다.

"나, 난……!"

"이렇게 죽고 싶……!"

자신의 마음과는 상관없이 폭발했다.

아니, 어째서 자신이 폭사하는지 이유조차 모른 채 죽어 갔다.

거기다 차이점은 하나 더 있었다.

아까 전의 암살자들이 흑점이나 귀단문 소속이었다면 지금 폭발하는 이들은 전부 백랑성의 무인들이었다.

"이, 이게 무슨 일이냐!"

"도대체 뭐가 어떻게 된 것이야!"

그래서인지 백랑성에서 수뇌부라 할 수 있는 랑의 칭호를 얻은 이들조차 곤혹스러움을 숨기지 못했다.

꿈에서도 예상치 못한 상황에 다들 정신을 차리지 못했던 것이다.

그런데 폭사하는 건 말단뿐만이 아니었다.

"우욱!"

"내가 왜……!"

말단은 시작에 불과했다.

뿔피리 소리가 이어지자 랑의 칭호를 가지고 있는 이들의 몸도 터져 나갔다.

불이 번지듯 삽시간에 연쇄 폭발이 이어졌던 것이다.

"피, 피해!"

"모두 떨어져!"

그 모습에 각파의 수뇌부들이 황급히 제자들을 물렸다.

폭사하는 이들이 이유도 모르고 폭발하는 만큼 피하는 게 어렵지만은 않아서였다.

다만 문제는 이곳이 전장의 한복판이라는 점이었다.

진형을 구축하고 있다고 하나 전투 시간이 길어짐에 따라 자연스레 난전 형태가 되었고, 그 결과 폭발을 피하기가 쉽지 않았다.

"제, 젠장!"

게다가 고수라고 해서 쉽게 빠져나갈 수 있지 않았다.

다들 지칠 대로 지친 상태였기에 내공도, 체력도 바닥인 상태였다.

그렇다 보니 고수, 하수 할 거 없이 폭발에 휩쓸렸다.

"······당했다."

그 광경에 이춘상이 이를 악물었다.

제대로 움직이기도 전에 흑점과 귀단문이 먼저 손을 썼음을 알 수 있어서였다.

심지어 흑점과 귀단문 소속은 아무도 없었다.

전부 백랑성도들만 폭사했다.

"진짜 쓰고 버릴 줄은······."

"지독한 녀석들이네."

원상과 원호마저도 질린 표정을 지었다.

이럴 거라 예상을 못 한 건 아니었으나 설마 진짜로 실행에 옮길 줄은 몰라서였다.

아니, 실행해도 다른 방식으로 할 줄 알았는데 이렇게 인간 화탄으로 사용할 줄은 몰랐다.

"이게 무슨 짓이냐!"

그때 피를 토하는 듯한 일갈이 전장을 갈랐다.

명천을 상대하던 백랑성주가 흉신악살과 같은 표정으로 흑점주를 향해 달려갔다.

그 모습에 천강은 싸우던 걸 멈추고 뒤로 물러났다.

무당
패왕

내분이 일어난다면 천강으로서는 결코 나쁘지 않아서였
다.

"개판인데."

"근데 우리에게는 좋은 일이야. 겸사겸사 상황을 수습할
시간을 벌었으니까."

충격적인 광경에 잠시 넋이 빠졌으나 이춘상은 이내 정신
을 차렸다.

어떻게 보면 기회라고 볼 수 있어서였다.

물론 난데없는 일에 죽거나 다친 이들이 많았으나 중요한
건 승리하는 것이었다.

죽은 이들을 되살릴 수 없다면 최대한 지금의 상황을 이용
해야 했다.

스스슥!

그건 현광과 원상도 같은 생각이었기에 이춘상이 움직이
기 무섭게 두 사람도 몸을 날렸다.

화산파와 무당파에 소식을 전하기 위해서였다.

"너희 둘은 장문사형에게 가. 나는 사백께 가겠다."

"예!"

뒤이어 유하성은 원호와 원경을 무율에게 보내고는 명천
을 향해 신형을 날렸다.

콰아아앙!

한 줄기 섬광이 흑점주가 서 있던 자리에 떨어졌다.

그러나 흑점주는 이미 자리를 피한 상태였다.

"감히, 감히 이딴 짓을 벌이고도 네놈이 살 수 있을 거라 생각했더냐!"

"선물을 안 먹었나? 아쉽군. 내가 준 선물을 먹었으면 검선과 함께 사이좋게 저승길에 올랐을 텐데."

"이노옴!"

이제는 돌이킬 수 없는 관계가 되었다는 걸 말해 주듯이 흑점주가 말투를 바꿨다.

언제 예의를 차렸냐는 듯이 그를 내려다보며 하대했던 것이다.

그 모습에 백랑성주가 땅에 깊숙이 박혀 있던 애병을 꺼냈다.

하지만 그는 거기서 더 움직이지 못했다.

"지금 움직이면 네 아들은 죽는다."

"……뭐?"

"태랑대주(太狼隊主)가 죽는다는 말이다. 이걸로 인해."

멈칫거린 백랑성주의 시선이 흑점주가 들고 있는 뿔피리로 향했다.

새하얀 동체의 작은 뿔피리였는데 그걸 본 백랑성주는 섣불리 움직일 수가 없었다.

자랑스러운 백랑성의 늑대들이 저 뿔피리 소리 한 번에 우수수 터져 나가는 걸 봐서였다.

어떤 사술을 부린 건지는 모르겠으나 중요한 건 하나뿐인 아들의 생사가 걸려 있다는 것이었다.

"나처럼 멀쩡할 수도 있지."

"그럴 수도 있겠지. 근데 아쉽게도 네 아들은 우리가 준 선물을 먹은 모양이야. 하긴, 내공이 늘어나는 영약을 받고도 안 먹기란 쉽지 않지."

꾸우욱!

이죽거리는 흑점주의 모습에 백랑성주가 애병을 부러져라 움켜쥐었다.

분노를 어떻게든 삭이는 것이었다.

"지금 네가 할 수 있는 건 딱 한 가지야. 내 지시에 따라 저 녀석들을 공격하는 것. 그리고 죽이는 것. 딱 두 명만 죽이면 네 아들을 살려 주지. 이 정도면 꽤 괜찮은 거래라고 생각하는데."

"아들이 죽으면 네놈도 죽는다."

"허어. 아들이 죽어도 상관없다는 건가? 그리고 아들만 죽는 게 아닐 텐데?"

부르르르!

흑점주가 비릿하게 웃었다.

그 모습에 백랑성주가 이를 악물었다.

마음 같아서는 당장 머리통을 빠개 버리고 싶었으나 그럴 수 없었다.

그가 움직이는 순간 아들은 물론이고 그의 직속 전투부대라고 할 수 있는 태랑대가 육편으로 변할 게 뻔했다.

"그러니까 좋은 말로 할 때 시키는 대로 해. 그래야 아들이 살 수 있을 가능성이 크니까."

"네놈을 어떻게 믿지?"

"그건 중요치 않아. 지금 네가 할 수 있는 건 날 믿을 수밖에 없다는 거지."

한마디로 선택지가 없다는 말에 백랑성주가 이를 앙다물었다.

흑점주의 모습이 너무나 얄미웠지만 아쉽게도 그가 선택할 수 있는 건 하나뿐이었다.

아니면 아들과 부하들을 전부 다 포기하든가.

─다른 선택지도 있소이다.

흠칫!

그런데 그때 백랑성주의 귓전으로 낯선 전음이 파고들었다.

그것도 지금의 그에게는 너무나 달콤한 한마디가 말이다.

하지만 백랑성주는 절대 그런 티를 내지 않았다.

-뿔피리 소리가 폭발을 일으킨다면 그 소리가 닿지 않는 곳까지 이동하면 될 것 아니오?

　이어지는 전음에 백랑성주의 심장이 벌렁거렸다.

　듣고 보니 일리가 있어서였다.

　그러나 맹점도 있었다.

　거리를 벌리는 걸 눈앞에 있는 흑점주가 가만히 지켜볼 리가 없다는 것이었다.

　-잠시 휴전을 하는 것이오. 흑점과 귀단문을 쓸어버릴 때까지만. 그런 다음에 우리와 결판을 내도 상관없지 않소?

　백랑성주가 속으로 침음을 흘렸다.

　전음을 보내는 게 누구인지는 모르나 한 가지는 확실했다.

　분명 백도무림의 수뇌부 중 한 명일 터였다.

　그러나 지금 중요한 건 그게 아니었다.

　꼼짝없이 흑점주의 명령에 따라야 하는 상황에서 새로운 선택지가 생겼다는 게 중요했다.

　게다가 그 선택지는 그에게도 나쁘지 않았다.

　'거리를 벌리는 게 쉽지는 않을 테지. 저놈들이 어떻게든 뿔피리를 들고 쫓아올 테니까. 하지만 내가 막으면서 시간을 벌고, 그사이 백도무림이 공격한다면 승산은 있다.'

　백랑성주는 빠르게 계산을 끝냈다.

　그는 물론이고 백도무림 쪽에도 나쁘지 않은 선택지였다.

　세 연합을 동시에 상대하는 것보다는 흑점과 귀단문만 상대하는 게 백도무림에도 이득이었다.

　더욱이 눈앞에 있는 흑점주는 지금의 상황을 전혀 모르니 초반에 몰아치면 보다 쉽게 결판을 낼 수 있을지도 몰랐다.

　–받아들이겠다면 창을 붙잡고 있는 새끼손가락을 움직이시오.

　때마침 전음이 들려왔다.

　그에게 충분히 고민할 시간을 주었다는 듯이 말이다.

　꿈틀.

　백랑성주는 망설이지 않고 새끼손가락을 미세하게 꿈틀거렸다.

　육합전성도 펼칠 수 있지만 지금은 누가 전음을 보내는 건지 알 수 없기에 대답을 할 수 없었다.

　그래서 전음을 보내는 이 역시 대답 대신 행동을 요구하는 것이었고.

　"공격해라!"

　"싹 다 밀어 버려!"

　백랑성주가 새끼손가락을 움직이기 무섭게 천강과 취선이 명령을 내렸다.

　모든 병력이 일제히 흑점과 귀단문을 향해 달려들었던 것이다.

　동시에 백랑성의 무인들은 반대로 몸을 날렸다.

　백랑성주의 지시대로 최대한 거리를 벌리려는 것이었다.

"감히!"

그 모습에 흑점주가 두 눈을 부릅떴다.

짧은 순간에 상황이 어떻게 된 건지 파악한 것이었다.

삐이이익!

그와 동시에 사방에서 뿔피리가 울려 퍼졌다.

흑점주의 지시에 흑점의 무인들과 귀단문도들이 뿔피리를 있는 힘껏 분 것이었다.

"어림없다!"

따아앙!

그런데 그 순간 백랑성주가 손가락으로 창대를 튕겼다.

뿔피리 소리를 상쇄하기 위해서였다.

그래서 연달아 창대를 튕겼다.

"이익!"

그 모습에 흑점주의 얼굴이 일그러졌다.

이런 식으로 자신의 뒤통수를 칠 줄 몰라서였다.

동시에 너무 일찍 패를 꺼냈나 하는 생각이 들었다.

꽈아아앙!

"이제는 너희 둘밖에 없네?"

하지만 흑점주의 생각은 더 이상 이어지지 못했다.

남궁수가 거대한 검강을 일으키고서 그를 향해 휘둘렀기 때문이다.

"막아!"

"뿔피리를 가진 녀석들은 백랑성을 쫓아가! 절대 살려 둬
서는 안 돼!"

흑점과 귀단문을 공격하는 건 남궁수만이 아니었다.

귀단문의 장로를 상대하는 취선을 제외한 천강과 제갈민,
하북팽가주, 무율이 전부 다 이곳으로 모여들었다.

뻐어어엉!

거기에 유하성과 이춘상, 현광도 가세했다.

언제 지쳤냐는 듯이 무시무시한 기세를 흩뿌리며 흑점의
무인들을 학살했다.

'역시 제갈세가주님.'

친구들과 함께 전장을 질주하며 유하성은 한쪽을 힐끔거
렸다.

그런 그의 시선이 닿는 곳에는 뿔피리를 들고서 백랑성도
들을 쫓아가는 귀단문도들이 있었다.

제갈민은 그들을 봤음에도 일부러 놔두었다.

일시적인 휴전을 맺었다고 하나 흑점과 귀단문을 처리하
면 다시 싸워야 했기에 백랑성의 전력을 어느 정도는 줄일
필요가 있다고 생각해서였다.

"더 이상은 못 간다!"

거기에 더해 백랑성주도 지치게 만들 수 있었고 말이다.

흑점과 귀단문, 백랑성 연합에서 가장 강한 무인은 누가
뭐래도 백랑성주였다.

그런 만큼 그의 힘을 빼 놓아서 나쁠 건 없었다.

"이제 거의 다 왔어! 저 둘만 쓰러뜨리면 돼!"

"이번에야말로 끝을 내자고."

마지막 힘을 쏟아 내겠다는 듯이 이춘상이 악을 쓰며 양팔을 크게 휘둘렀다.

그럴 때마다 흑점과 귀단문의 무인들이 피를 토하며 튕겨져 날아갔다.

간간이 공력을 다 소모하고 폭혈단을 삼키고서 달려드는 이들이 있었지만 그들은 제갈세가의 현천대가 쏜 화살에 머리가 뚫렸다.

폭사할 것 같은 이들을 현천대가 귀신같이 처리했던 것이다.

"젠장! 제기랄!"

그 광경에 흑점주는 연신 욕설을 내뱉었다.

점점 궁지에 몰리고 있어서였다.

이런 상황이 일어나는 걸 막고자 백랑성을 끌어들인 건데 결과적으로는 실패했다.

"지금 남 탓을 할 때가 아닐 텐데?"

"남궁수!"

"네놈한테 함부로 불릴 이름 아니다."

남궁수의 이죽거림에 흑점주가 포효하듯 소리쳤다.

그러자 남궁수가 정색했다.

그는 비아냥거려도 되지만 흑점주는 그래선 안 되었다.

이기적인 게 아니라 지금까지 저지른 죄 때문이었다.

"커허헉!"

그때 흑점주의 귓전으로 익숙한 목소리가 들렸다.

바로 귀단문 일 장로의 신음 소리였다.

하지만 그는 고개를 돌릴 수가 없었다.

남궁수의 황금빛 검강에 이어 천강의 자색 검화 수십 개가 그의 몸을 갈가리 찢어 버릴 기세로 쇄도해서였다.

"흐으읍!"

그뿐만 아니라 하북팽가주와 종남파 장문인 역시 그를 노렸다.

백도무림의 거물이라 할 수 있는 이들이 사방을 포위하고서 그를 공격하는 것이었다.

'졌다.'

그걸 본 순간 흑점주는 깨달았다.

이미 승기는 완전히 기울었다고 말이다.

아직 수하들이 남아 있기는 하나 전황을 뒤집는 건 불가능했다.

그렇다면 남은 방법은 하나뿐이었다.

쉬이이익!

제99장 꼬리잡기

흑점주는 서쪽 방향을 향해 몸을 날렸다.

사천성으로 향하는 방향이기도 하지만 서쪽을 지키고 있는 이가 종남파의 장문인이어서였다.

현재 포위하고 있는 자들 중에 그가 가장 약했기에 흑점주는 망설이지 않고 서쪽 방향을 택했다.

천강을 상대하느라 지친 건 흑점주 역시 마찬가지였으나 그에게는 믿는 게 있었다.

"진천뢰!"

바로 마지막의 마지막까지 아껴 두었던 진천뢰였다.

이춘상이 가지고 있던 것처럼 흑점주 역시 구명절초처럼 아끼고 있었다.

지금과 같은 순간을 위해서 말이다.

"흐아압!"

그런데 종남파 장문인의 반응이 놀라웠다.

진천뢰의 위력을 모르지 않을 텐데도 그는 피하지 않았다.

강기에 휩싸인 진천뢰를 피한다면 흑점주가 도망칠 길을
스스로 열어 주는 꼴이 되어서였다.

지난번 전쟁에서 하오문과 흑점, 귀단문을 확실하게 처리
하지 못했기에 지금의 사태가 벌어졌다는 걸 너무도 잘 알았
기에 종남파 장문인은 결연한 표정으로 검강을 뿌렸다.

진천뢰는 위력적이지만 근처에서 폭발하지 않으면 크게
위협이 되지 않았다.

게다가 허공에서 폭발하면 흑점주의 질주도 방해할 수 있
으니 일석이조였다.

꽈아앙!

이윽고 종남파 장문인의 검격에 진천뢰가 허공에서 폭발
했다.

본래부터 가지고 있던 파괴력에 흑점주의 강기까지 서려
폭발이 몇 배는 더 강력했다.

하지만 터진 곳이 두 사람의 사이였기에 종남파 장문인에
게는 큰 여파가 오지 않았다.

꿀꺽!

그리고 그걸 흑점주 역시 알고 있었다.

애초에 여기까지 예상하며 진천뢰를 사용한 것이기도 했고.

흑점주는 처음부터 진천뢰로 종남파 장문인을 날려 버릴 수 있을 거라 기대하지 않았다.

아무리 종남파가 구대문파 중 말석에 가깝다고 해도 엄연히 대문파였다.

고작 진천뢰 하나로 처리할 수 있을 리 만무했다.

그럼에도 흑점주가 진천뢰를 던진 건 시간을 벌기 위해서였다.

'이것만큼은 쓰고 싶지 않았는데.'

목함에 담겨 있던 폭정단을 우걱우걱 씹으며 흑점주가 얼굴을 잔뜩 일그러뜨렸다.

원래 계획대로라면 상황은 정반대였어야 했다.

도망치는 쪽은 백도무림이고 쫓는 건 그였어야 했는데 결과는 요 모양 요 꼴이었다.

심지어 후일을 위해 이중, 삼중의 함정을 팠음에도 유하성을 잡지 못했다는 게 더더욱 뼈아팠다.

'지금은 이곳에서 빠져나가는 것만 생각해야 한다.'

이를 갈던 흑점주는 빠르게 상념에서 빠져나왔다.

분노도 살아 있을 때나 터트릴 수 있었다.

그렇기에 흑점주는 폭정단의 도움으로 체내의 선천진기를 끌어올렸다.

이걸 다 소모하면 죽게 되겠지만 귀단문의 새로운 환약이 있다면 적정선에서 선천진기 사용을 끊을 수 있었다.

'우선 종남파의 장문인을 밀어 내고 단숨에 빠져나간다!'

전장에는 아직 부하들과 귀단문이 남아 있었지만 흑점주는 그 부분에 대해서는 일절 생각하지 않았다.

힘을 합쳤으나 결국 중요한 건 스스로의 목숨이었다.

내가 죽을 판인데 남을 걱정할 여유는 없었다.

웅웅웅!

진천뢰의 폭발로 먼지구름이 높게 솟구쳤으나 흑점주의 움직임에는 망설임이 없었다.

어차피 방향은 정해져 있었기에 도강을 잔뜩 끌어올리고서 짙은 먼지구름을 갈랐다.

'이대로 단숨에 밀어 내고 빠져나……!'

흑점주의 두 눈이 형형하게 빛났다.

그의 목표는 종남파 장문인의 죽음이 아니었다.

어디까지나 도주가 목적이었기에 이 일격에 죽으면 좋고, 안 죽어도 상관은 없었다.

그저 길목만 비켜서면 되었다.

파바밧!

오직 그 생각 하나로 먼지구름을 가르며 나아가던 흑점주의 눈에 드디어 인영이 보였다.

푸른색 무복을 입고 있는 사내가 말이다.

그런데 아래부터 보이기 시작하는 인영의 얼굴을 본 흑점주의 얼굴은 사색이 되었다.

왜냐하면 종남파의 장문인이 아니라 유하성이 서 있어서였다.

쫘아아앙!

심지어 유하성은 그가 이리로 올 줄 알았다는 듯이 십단금을 펼쳤다.

그것도 전력을 다해서 말이다.

"커헉!"

이 한 방에 승부를 보겠다는 듯이 유하성은 모든 공력을 끌어올렸고, 그 결과 흑점주는 폭정단을 먹었음에도 불구하고 꼴사납게 바닥을 나뒹굴었다.

그 정도로 십단금의 위력은 가공했다.

푸푸푹!

간질이라도 걸린 것처럼 튕겨져 날아가서는 전신을 부들부들 떠는 흑점주의 곁으로 이춘상이 귀신같이 내려섰다.

유하성과 말을 맞춘 건 아니지만 이리될 줄 예상하고 있었기에 이춘상은 빠르게 마혈을 점혈했다.

그것도 한 번이 아니라 이중, 삼중으로 점혈했다.

다른 이도 아니고 흑점주이기에 더 신경 쓴 것이었다.

"어? 이놈 폭정단을 먹은 것 같은데?"

"화, 환약을 줘……."

얼굴은 물론이고 손등에서 혈관이 꿈틀거리는 모습을 본 이춘상이 중얼거렸다.

폭혈단과 비슷하지만 다른 반응을 보인다면 답은 하나뿐이었다.

그래서 이춘상은 아쉬운 표정으로 유하성을 돌아봤다.

폭정단을 먹었다면 선천진기를 사용했다는 것이고, 그렇다는 건 돌이킬 수 없다는 뜻이었다.

"멈출 방도가 있는 듯한데? 환약을 달라는 걸 보면."

"그런가? 하긴. 시간이 제법 지났으니까. 폭정단과 폭혈단을 만든 녀석들인데 그걸 막는 방도를 찾았을지도 모르지."

체내에서 들끓는 선천진기를 주체하지 못하는 흑점주를 싸늘한 눈빛으로 내려다보며 이춘상이 품속을 뒤졌다.

흑점주가 말하는 환약이 품속에 있을 것 같아서였다.

이윽고 유하성도 본 적이 있는 환약을 찾아냈다.

폭정단이나 폭혈단과는 다른 냄새를 가진 환약을 말이다.

"그, 그걸⋯⋯."

"근데 이걸 왜 줘야 하지? 널 살려 둘 필요가 없잖아? 너도 순순히 죽는 게 낫지 않아? 고문을 당하는 것보다는."

원하는 걸 찾았지만 이춘상은 그걸 순순히 주지 않았다.

그래야 할 이유가 없어서였다.

물론 지금 바로 죽일 생각은 없지만 주도권을 쥐기 위해서였다.

일종의 심리전을 펼치며 이춘상이 얄밉기 그지없는 미소를 지었다.

"원하는 정보가, 있을 텐데?"

"말해 주겠다고? 그건 배신인데? 어차피 죽을 거 그냥 이대로 가지?"

"어, 어떻게 하면 살려 줄 거지?"

흑점주가 미련 가득한 눈빛으로 안간힘을 쓰며 말했다.

지금 이렇게 대화하는 사이에도 선천진기는 끊임없이 그의 내부를 사납게 휘돌고 있었다.

다행히 단전의 공력이 텅텅 빈 상태라 아직은 괜찮았지만 조금만 시간이 지나면 기맥이 버티지 못하고 터질 게 분명했다.

즉 그가 죽였던 백랑성도들처럼 폭사할 게 분명했기에 흑점주는 간절한 눈빛으로 이춘상을 바라봤다.

"글쎄. 똑똑한 사람이니 내가 굳이 말하지 않아도 이쪽이 원하는 걸 알고 있을 거라 생각하는데. 어차피 결국 중요한 건 자기 자신, 그리고 소속이잖아?"

"……."

흑점주의 얼굴이 복잡해졌다.

그러나 안타깝게도 그에게는 다른 선택지가 없었다.

어떻게 보면 뿌린 대로 거둔 것이었고.

"뭐, 우리야 어느 쪽이든 상관없지. 귀단문도 얼추 정리가 되어 가는 중이고. 주둥이는 많으니까."

"따, 따르겠다."

"뭐라고? 잘 안 들리는데?"

"따르겠다!"

흑점주가 두 눈을 질끈 감으며 소리쳤다.

개똥밭을 굴러도 이승이 낫다는 말처럼 우선은 삶을 연장해야 했다.

끝은 죽음이겠으나 일단 이 위기를 넘기면 흑점주는 방법이 있을 거라고 생각했다.

최소한 시간을 번 다음에 그 후를 생각해도 늦지 않았다.

"아쉽네. 난 좀 버텨 주길 바랐는데."

"어, 어서 환약을……!"

"약속은 약속이니까."

"킥!"

이춘상은 어쩔 수 없다는 듯이 환약을 흑점주의 입에 넣어 주었다.

점혈당한 상태였기에 입밖에는 움직일 수 있는 게 없어서였다.

하지만 그렇다고 친절하지는 않았다.

먹여 주었다기보다는 입에 욱여넣었다는 표현이 어울릴 정도로 이춘상은 거칠게 환약을 먹였다.

"귀단문의 장로와 그를 따르는 몇몇을 놓아줬다. 근데 과연 이게 통할까? 차라리 싹 다 죽이는 게 나을 것 같은데."

유하성과 이춘상의 곁으로 취선을 비롯해서 수뇌부가 모여들었다.

흑점주가 이곳에 있기도 했지만 귀단문도 중 몇 명을 살려 보내자고 한 게 유하성이어서였다.

"이번에야말로 뿌리를 확실하게 뽑아야 하지 않겠습니까? 그 노인이 귀단문의 장로라고 하니 알고 있는 게 많을 겁니다."

"우리에겐 이놈이 있잖아?"

취선이 눈짓으로 살기 위해 악착같이 환약을 씹고 있는 흑점주를 가리켰다.

십천주 중 한 명이자 이번 전쟁의 핵심 중의 핵심이 흑점주였다.

그런 만큼 굳이 귀단문의 뒤를 쫓을 필요성이 있나 싶었다.

"하나만 믿는 것보다는 이중으로 확인하는 게 더 확실하지 않겠습니까? 더불어 귀단문도 이번에 확실하게 뿌리 뽑을 필요가 있고요."

"흐음. 그건 그렇지."

유하성의 말도 일리가 있었다.

아무리 인질이 되었다고 하나 흑점주의 말을 곧이곧대로 믿을 수는 없었다.

흑점주가 진실만을 말해 줄 거라는 보장이 없어서였다.

게다가 귀단문을 일망타진할 수 있다면 이보다 더 좋은 일은 없었다.

"왜 애를 귀찮게 하고 그래? 다 생각이 있어서 부탁한 건데."

"내가 뭘 귀찮게 했다고 그래? 그냥 궁금해서 물어본 거지. 그보다 넌 요양부터 해야 할 거 같은데? 겉은 멀쩡한데 몸속은 다 망가졌어."

"백랑성주가 제법 하더라고. 나보다는 못하지만."

무율의 부축을 받으며 도착한 명천이 어깨를 으쓱였다.

내상이 상당했지만 그럼에도 그는 아무렇지 않은 척을 했다.

"별 차이 없던데?"

"중요한 건 그놈은 도망쳤다는 거고, 난 이겼다는 거지. 넌 협공했잖아."

"때로는 효율을 중요시해야 할 때도 있으니까."

가장 연장자 둘이서 티격태격하자 천하의 남궁수도 선뜻 입을 열지 못했다.

배분은 비슷할지 몰라도 나이는 열 살 정도 차이가 나서였다.

"백랑성에 대해서 의논을 해야 하지 않겠습니까? 일부러 귀단문도 몇몇을 놓아 보내기는 했으나 아직 백랑성주가 건

재합니다."

"그놈은 잡아야지."

"중원을 침공한 대가를 치르게 해야지."

제갈민이 조심스럽게 입을 열었다.

그러자 기다렸다는 듯이 명천과 취선이 대답했다.

임시 휴전은 흑점주를 사로잡는 것으로 끝났다.

백랑성주도 그걸 알고 진즉에 내뺀 상태였고.

"저도 두 분과 같은 생각입니다. 하지만 문제가 그리 쉽지 않다는 것입니다. 저희가 입은 피해도 피해지만 다들 지쳤습니다. 거기다 도주한 귀단문의 장로도 추적해야 하고요."

"그 문제는 병력을 셋으로 나누면 될 것 같은데."

제갈민은 지혜로웠으나 불가능을 가능하게 만들지는 못했다.

특히나 지친 이들을 바로 회복시킬 수 없기에 난감한 표정을 지었는데 그때 남궁수가 입을 열었다.

"병력을 셋으로 나눈다고?"

"지금부터는 시간 싸움이야. 귀단문의 잔당도 추적해야 하고, 백랑성주도 잡아야 하지. 하지만 문제는 다들 지쳤다는 거잖아?"

"맞네."

"그럼 부상자들은 이곳에 남기고 체력이 어느 정도 있으면서 발 빠른 이들은 귀단문의 잔당을 추적하게 하고 고수들만 백랑성주를 잡으면 되지 않을까?"

"흐음."

제갈민이 턱을 쓰다듬었다.

귀단문의 잔당을 추적해야 하지만 그렇다고 싸울 필요는 없었다.

애초에 사로잡거나 죽이는 게 목적이었으면 일부러 놓아 주지도 않았다.

그러니 소수만 배정해도 충분했고, 백랑성의 경우 백랑성주와 낭왕들이 문제였지 나머지는 아니었다.

"고수들은 오히려 우리가 많아. 지친 건 마찬가지고. 오히려 쫓기는 쪽은 백랑성이지."

"나는 찬성일세."

"저도 지금 끝을 내는 게 좋다고 생각합니다."

남궁수의 의견에 천강과 무율이 힘을 보탰다.

힘들지 않은 사람이 거의 없었지만 아무리 생각해도 지금이 적기였다.

"나는 힘들어."

"누구도 너보고 같이 가자고 안 할 테니 걱정하지 마라."

"나는 간다."

명천의 말에 취선이 코웃음을 쳤다.

다 죽어 가는 명천을 억지로 데리고 갈 사람은 없어서였다.

반대로 기를 쓰고 가려는 이 역시 존재했다.

바로 가장 먼저 습격을 받았던 천강이었다.

"굳이 많이 갈 필요가 있겠습니까? 부상자들만 남겨 놓기에는 불안하기도 하고요."

제갈민이 중재하듯 입을 열었다.

티격태격할 시간도 지금은 아깝다고 생각해서였다.

"일단 천강 대협, 나, 팽가주, 자네는 꼭 가야 할 테고."

"나도 남으련다. 이제는 뼈가 삭아서 그런지 못 뛰겠어."

"알겠습니다. 그럼 이곳을 부탁드리겠습니다."

취선이 빠지겠다는 듯이 말하자 남궁수는 고개를 끄덕였다.

명천보다는 조금 나았지만 취선 역시 내상을 입은 상태였다.

어쩔 수 없는 상황이라면 모를까 부상을 입은 이를 억지로 데려갈 필요는 없었다.

"지키는 것 정도는 충분하지. 이 녀석도 있으니까."

"그럼 귀단문 쪽은 누가 가지?"

"우리 애들을 보내지. 발 빠른 애들로."

"알겠습니다. 그럼 우리는 바로 출발하지."

개방도들을 보내겠다는 취선의 말에 남궁수는 고개를 주억거렸다.

발이 빠르기도 하지만 추적술에도 일가견이 있는 게 개방이었다.

게다가 이곳은 새외도 아니고 중원이었기에 중간중간 개방도들의 도움을 받을 수도 있었다.

"대충 정리 끝났네. 이제 출발하면 되네."

"좋아. 가지."

남궁수가 취선과 대화하는 사이 제갈민은 빠르게 부상자들과 싸울 수 있는 이들을 구분했다.

한시가 급한 상황이니만큼 서둘러 움직였던 것이다.

그리고 피해를 줄이기 위해서는 싸울 수 있는 인원이 최대한 많아야 했다.

도주 중이라고 하나 백랑성주가 건재했고, 낭왕들도 남아 있었다.

"뒤를 부탁하지."

"최선을 다하겠습니다."

명천과 취선의 배웅을 받으며 제갈민이 대표로 고개를 숙였다.

잠시 후 천강의 주도하에 싸울 수 있는 인원들이 전부 북쪽으로 내달렸다.

까드드득!

백랑성주는 이가 부서지지 않을까 싶을 정도로 갈았다.

생각하면 생각할수록 열이 뻗쳐서였다.

만약 눈앞에 있다면 갈아 마시겠다는 듯이 백랑성주는 살기가 뚝뚝 떨어지는 눈빛으로 전방을 주시했다.

하지만 배신감에 치를 떨면서도 백랑성주는 부지런히 두 발을 놀렸다.

"헉헉헉!"

"훅! 훅!"

그 뒤로 백랑성의 늑대들이 뒤따랐다.

처음 중원에 발을 디뎠을 때와는 전혀 다른 기색으로 말이다.

일단 숫자가 본래 전력의 절반도 되지 않았다.

단 두 번의 전투로 반수 이상이 당한 것이었다.

꾸우욱!

그 사실에 백랑성주는 열불이 치솟았다.

하나 지금은 본거지로 돌아가는 게 우선이었다.

흑점과 귀단문을 제압한 백도무림이 백랑성을 가만 놔둘 리가 없었기에 우선은 복귀한 다음 피해를 수습해야 했다.

아니, 일단은 중원에서 벗어나야 했다.

'대막까지 쫓아오지는 않을 거다.'

애병을 강하게 움켜쥐며 백랑성주는 냉정하게 현 상황을 파악했다.

흑점주를 사로잡고 귀단문을 무너뜨렸다고 하나 그만큼 백도무림이 입은 피해도 컸다.

특히 무당검선은 절대 그를 쫓아오지 못할 것이었다.

'문제는 나도 지쳤다는 것이지만.'

한창 전성기를 구가하는 나이지만 그도 사람이었다.

더욱이 막판에 뿔피리 소리를 막는다고 공력을 꽤나 많이 썼기에 현재 남아 있는 내공이 평소의 삼 할도 채 되지 않았다.

그래서 이렇게 굴욕적으로 도주하는 것이기도 했고.

'올까?'

화가 머리끝까지 치솟았지만 그럼에도 백랑성주의 머리는 차가웠다.

분노도 살아 있을 때나 느낄 수 있다는 걸 잘 알아서였다.

'이쪽으로는 안 왔으면 좋겠는데.'

지금껏 살아오면서 백랑성주는 두려움을 느껴 본 적이 없었다.

마음대로 살아도 거리낄 게 없어서였다.

그러나 지금은 달랐다.

중원무림의 힘을 직접 겪어 보았기에 처음으로 신을 찾았다.

부디 자신을 추격하지 않게 해 달라고 말이다.

아니면 성에 도착한 후에 마주치게 해 달라고 빌었다.

"추, 추격대입니다!"

"뭐라고?"

"멀리 먼지구름이 보입니다!"

뒤에서 들려오는 부하의 목소리에 백랑성주가 다급히 고개를 돌렸다.

그러자 과연 부하의 말대로 먼지구름이 보였다.

자연적으로 발생한 먼지구름이 아니라 인위적인 먼지구름이 말이다.

'귀단문은 포기했나?'

맨 마지막에 자리를 뜬 게 백랑성주였다.

그렇기에 그는 똑똑히 봤다.

귀단문의 장로와 함께 몇 명이 도주하는 걸 말이다.

그래서 당연히 귀단문의 잔당을 쫓아갈 줄 알았는데 이쪽으로 오자 백랑성주는 입술을 깨물었다.

"어떻게 할까요?"

"계속 간다! 속도를 올려!"

고민은 짧았다.

연합을 했음에도 이기지 못했던 적들이었다.

지치고 다친 건 피차일반이었으나 문제는 고수층이었다.

숫자는 비슷할지 몰라도 고수들의 숫자는 백도무림이 더 많았다.

"예!"

"속도를 올려라!"

백랑성주의 지시에 부하들이 하나같이 반색했다.

그들도 알고 있었다.

지금 싸우는 건 무모한 짓이라는 사실을 말이다.

언젠가는 싸우겠지만 지금은 아니었다.

"꼬랑지를 말고 도망가는 꼴이라니. 아까 전의 기세는 어디로 간 거지?"

쑤아아앙!

오직 북쪽을 향해 달려가던 백랑성주의 앞으로 황금빛 검강이 쇄도했다.

검탄강기들이 폭우처럼 쏟아져 내렸던 것이다.

"피, 피해라!"

가지각색의 검탄강기에 백랑성의 지휘부가 황급히 소리쳤다.

하지만 아무리 빨라도 사람의 몸이 강기보다 빠를 수는 없었다.

지치지 않았다면 모르겠으나 모두가 지친 상태였기에 검탄강기들은 백랑성의 무리를 덮쳤다.

"흐아압!"

물론 가만히 당하지만은 않았다.

백랑성주는 물론이고 몇몇 낭왕들도 살아 있었기에 다급히 날아오는 검탄강기들을 튕겨 냈다.

그러나 모두를 지켜 낼 수는 없었다.

"크아악!"

"그륵!"

완벽히 막아 냈다면 모를까 튕겨 낸다는 건 강기들이 어딘가로 날아간다는 뜻이었다.

더욱이 그 튕겨 내는 방향을 조절할 정도로 여유가 있는 상황이 아니었기에 직격으로 맞은 이들도 있었지만 반대로 튕겨지는 강기에 휩쓸려 죽은 이들도 상당했다.

"도망치는 건 선택인데, 그래도 결판은 내고 가야지. 안 그래?"

"나는 단 한 놈도 살려 보내지 않을 것이다."

능글맞은 표정의 남궁수와 달리 천강의 얼굴은 삼엄했다.

말한 것처럼 단 한 명도 살려 보내지 않겠다는 듯이 그의 전신에서는 무시무시한 살기가 뿜어져 나오고 있었다.

거기다 나타난 이는 두 사람만이 아니었다.

무율과 유하성, 이춘상, 현광도 있었다.

'으음!'

그 모습에 백랑성주가 침음을 흘렸다.

선발대인 만큼 숫자는 적었다.

하지만 문제는 한 명 한 명 만만한 이가 없다는 점이었다.

최상의 몸 상태였다면 누구라도 이길 자신이 있었지만 지금은 아니었다.

"비겁하게 떼로 덤빌 작정이냐!"

"비겁하다라. 그런 말을 할 자격은 없다고 생각하는데."

백랑성주가 다급하게 소리쳤다.

어떻게든 일대일 승부로 몰아가려 한 것이었다.

그러나 누구도 그의 격장지계에 넘어가지 않았다.

"더 이상의 말이 필요할까."

스릉.

천강이 검을 뽑았다.

굳이 대화가 필요하겠느냐는 무언의 행동에 백랑성주가 이를 악물었다.

살기 넘치는 천강의 표정에서 싸움을 피할 길이 없다는 걸 느껴서였다.

"도망칠 수 있다면, 가도 좋아. 근데 쉽지는 않을 거야."

"모두 죽여라!"

백랑성주가 외쳤다.

막다른 길에 몰리긴 했으나 방법이 아예 없는 건 아니었다.

선발대인 만큼 천강 일행의 숫자는 그리 많지 않았다.

본대가 합류하기 전에 정리한다면 다시 이동할 수 있었다.

"소용없는 짓이라니까."

백랑성주와 같은 생각인지 하나같이 간절한 표정으로 달려드는 백랑성도들을 바라보며 남궁수가 검을 던졌다.

버린 게 아니라 백랑성주를 향해 정확히 날린 것이었다.

쩌어어엉!

검강을 머금은 남궁수의 검이 쏜살같이 날아갔다.

무시무시한 파공성을 토해 내며 쇄도했던 것이다.

그러나 발톱이 빠졌어도 호랑이는 호랑이였다.

기습처럼 날아온 남궁수의 검을 백랑성주는 창으로 정확히 튕겨 냈다.

"흐읍!"

"큭!"

한데 그조차도 다른 이들에게는 죽을 맛이었다.

검강과 창강의 충돌에 후폭풍이 엄청났던 것이다.

강기의 편린들에 백랑성도들이 화들짝 놀라며 이리저리 흩어졌다.

그리고 이 상황을 만든 남궁수의 검은 유유히 주인에게로 돌아갔다.

"어, 어검술!"

그 모습에 백랑성도들이 두 눈을 화등잔만 하게 떴다.

강환도 대단하지만 어검술은 그보다 상위의 경지였다.

낭왕들 중에서도 펼치는 이가 거의 없는 경지였기에 백랑성도들은 기가 팍 죽었다.

츠츠츠츠!

하지만 진짜 위기는 지금부터가 시작이었다.

남궁수의 어검술이 끝나기 무섭게 천강에게서 무시무시한 기파가 솟구쳤다.

자색의 검강들이 줄기줄기 뿜어져 나왔던 것이다.

그런데 그게 끝이 아니었다.

"차합!"

기합성과 함께 허공에 검강과 검기가 가득 찼다.

천강이 평생을 고련한 이십사수매화검법의 정화가 지금 펼쳐지는 것이었다.

스물네 개의 검강이 각각 이십사수매화검법의 초식을 펼치는 광경은 장관이었다.

검해(劍海)를 뛰어넘어 현란함의 극치라 할 수 있는 검초가 오직 단 한 명, 백랑성주를 노리고서 펼쳐졌다.

'젠장!'

사방은 물론이고 모든 공간을 점유하며 쇄도하는 천강의 일격에 백랑성주가 얼굴을 잔뜩 찌푸렸다.

이번 초식에 천강이 모든 걸 걸었음을 알 수 있어서였다.

더불어 이 말도 안 되는 초식은 단순히 그만 노린 게 아니었다.

그를 중심으로 주변에 모여 있는 부하들까지 같이 노렸다.

꽈과과광!

짜증 나지만 백랑성주로서는 막을 수밖에 없었다.

그가 피하는 순간 천강의 미친 검세가 부하들에게 쏟아질 것이 자명해서였다.

낭왕들이야 어찌어찌 버티거나 피하겠지만 그 아래는 그냥 쓸려 나갈 터였다.

"꺼헉!"

"끄르륵!"

무위는 비슷했으나 단 한 방에 모든 걸 쏟아부은 것과 자신뿐만 아니라 다른 이들을 지켜야 하는 입장의 차이는 분명히 있었다.

게다가 이 한 방을 끝으로 물러날 수 있는 천강과 달리 백랑성주는 계속 싸워야 했다.

그는 싸우고 싶지 않을지라도 남궁수나 무율 등등은 달랐기에 백랑성주는 이를 갈았다.

주어진 선택지가 하나밖에 없다는 사실이, 그것도 강요당하고 있기에 백랑성주로서는 짜증 날 수밖에 없었다.

거기다 사방에서 들려오는 부하들의 비명 소리가 귓전을 때렸다.

천강이 펼친 혼신의 일격도 일격이지만 무율과 종남파 장문인, 하북팽가주, 황보세가주 등등이 낭왕들을 노렸기에 전열이 순식간에 무너졌다.

쌔애액!

그렇다고 그가 다른 이들을 도와줄 수 있는 상황도 아니었다.

천강의 검세가 가라앉기 무섭게 다시 한번 어검술이 날아왔다.

차륜전을 펼치듯 남궁수가 곧장 검을 날린 것이었다.

꽝! 꽝! 꽝!

거기다 가주나 장문인도 아닌데 그에 못지않은 활약을 펼치는 이가 세 명이나 있었다.

젊어서 그런지 지치지도 않고 부하들을 무참히 도륙하는 광경에 백랑성주는 이를 악물었다.

하지만 그런다고 한들 달라지는 건 없었다.

"모조리 쓸어버려라!"

"우아아아!"

그러는 사이 제갈민이 이끄는 추격대의 본대가 도착했다.

심지어 포위망까지 구축했기에 빠져나갈 길은 전혀 없었다.

털썩! 철퍼덕!

그 후로는 말 그대로 일사천리였다.

죽을 때까지 반항하고 저항했으나 결과는 달라지지 않았다.

오히려 너무나 빠르게 백랑성의 숫자가 줄어들었다.

쿠웅.

그 결과 마지막에 남은 건 백랑성주뿐이었다.

어떻게든 살리려 했던 아들마저 싸늘한 시체가 되어 버리자 백랑성주는 공허한 눈으로 창을 떨어뜨렸다.

정확하게는 놓을 수밖에 없었다.

평생 동안 함께했던 오른팔이 팔꿈치부터 잘렸기 때문이다.

"마지막으로 하고 싶은 말은?"

천강에 이어 백랑성주를 상대했던 남궁수가 물었다.

아직도 백랑성주의 피가 묻어 있는 검을 늘어뜨리고서 말이다.

그런데 남궁수의 상태도 썩 좋지만은 않았다.

지칠 대로 지쳤음에도 백랑성주는 백랑성주였다.

대막의 지배자답게 백랑성주는 강했다.

비교적 말끔했던 남궁수가 피투성이에 봉두난발이 될 정도로 말이다.

"……대막으로 갈 건가?"

"당연히. 혈채는 피로 갚아야 하지 않겠느냐."

"으음!"

백랑성주가 두 눈을 질끈 감았다.

원로라고 할 수 있는 전대 고수들이 백랑성에 남아 있긴 했으나 그들은 너무 늙었다.

때문에 백도무림이 작정하고 공격한다면 하루도 버티지 못할 게 분명했다.

그러나 문제는 그걸 막을 수 없다는 점이었다.

'이대로 끝나는가.'

항복이라는 방법도 있지만 흐르는 분위기를 보아하니 그 것도 통하지 않을 듯했다.

만약 항복을 염두에 두고 있었다면 이렇게 죄다 죽이진 않을 터였다.

그렇다는 말은 정말 피의 복수를 생각하고 있다는 뜻이었다.

당장은 사천성의 일이 급하니 시간은 벌 수 있겠지만 혈뇌음사와 하오문이 사라지면 백도무림의 검 끝은 대막으로 향할 게 분명했다.

'혈뇌음사와 하오문이 이기길 바라야겠군.'

백랑성주는 쓴웃음을 지었다.

남의 승리를 바라야 하는 지금의 상황이 너무나 한탄스러워서였다.

하지만 그는 패자였다.

그렇기에 승자의 처분을 기다릴 수밖에 없었다.

"더는 할 말이 없는 모양이군."

서걱.

남궁수는 더 기다려 주지 않았다.

기회를 준 것만으로도 충분히 자비를 베푼 것이기도 했고.

그의 깔끔한 일검에 백랑성주의 목이 바닥으로 떨어졌다.

대막을 호령하던 절대자의 죽음이라고 하기에는 허무한

마지막이었다.

"고생하셨습니다."

"이 정도 가지고 뭘. 진짜 활약은 우리 사위가 했지."

유하성을 바라보며 남궁수가 능글맞게 웃었다.

아직 딸과 혼례를 올린 것도, 그렇다고 정식으로 교제하는 것도 아니건만 벌써부터 사위라고 부르면서 말이다.

"아직 교제를 시작한 것도 아닙니다만."

"전쟁 중에도 사랑은 꽃을 피우는 법이지."

"흠흠!"

남궁수의 곁으로 제갈민이 다가왔다.

예비 사위라는 호칭은 그 역시 사용할 수 있어서였다.

하지만 점잖게 자제를 하고 있었다.

그리고 그걸 남궁수에게도 강요했다.

"왜?"

"듣는 사람도 많은데, 자제하지."

"틀린 말은 아니잖아? 곧 그렇게 될 텐데."

"사람 일이라는 게 어떻게 될지 모르는 일이야. 어그러지게 되면 쪽도 그런 쪽이 없어."

"허어. 명색이 제갈세가의 수장이라는 사람이 이렇게 생각이 짧을 줄이야."

성격대로 점잖게 타이르는 제갈민의 말에 남궁수가 혀를 찼다.

그러자 제갈민이 어처구니없다는 표정을 지었다.

"뭐라고?"

"이렇게 공식화를 해야 어그러질 가능성이 없어지는 거 아냐? 기회가 있을 때 확실하게 해 두어야지."

"허."

제갈민이 황당하다는 표정을 지었다.

그런데 생각해 보니 남궁수의 말도 일리가 있었다.

위험 부담이 있는 만큼 확실하게 관계 정리가 가능했다.

그래서 제갈민은 살짝 놀란 눈으로 남궁수를 쳐다봤다.

"언제까지 어정쩡하게 있을 수는 없으니까. 이미 위험 부담은 충분히 졌어. 가끔은 그냥 들이밀어야 할 때도 있는 법이지."

"이쯤 하시지요. 우선 부상자들부터 치료해야 하지 않겠습니까. 사천성으로 가야 하기도 하고요."

"알았네. 이 부분은 따로 얘기하자고."

내외상이 상당해 보이는데도 남궁수는 여유롭게 웃었다.

오히려 제대로 대화할 기회를 얻었다는 듯이 생글거렸다.

그 모습에 유하성은 고개를 절레절레 저었다.

"고생 많았네, 사제."

"저보다는 장문사형께서 고생하셨죠."

남궁수가 남궁세가의 무인들에게로 가자 이번에는 무율이 다가왔다.

그 역시 온몸이 피투성이긴 했으나 크게 다친 곳은 보이지 않았다.

"이 정도면 양호하지. 팔이 잘린 것도 아니고 단전이 파괴된 것도 아니니."

안색이 좋지는 않았으나 그럼에도 무율은 웃었다.

어쨌든 승리해서였다.

물론 분위기가 승리한 것치고는 상당히 무거웠으나 그래도 이겼다는 사실에 무율은 웃을 수 있었다.

"다행히 피해가 생각보다 적은 것 같습니다."

"흑점과 귀단문의 배신이 우리에게는 좋은 일이었지. 아마 끝까지 힘을 합쳤으면 피해가 더 컸을 거야."

죽은 이들 때문에 승리를 만끽하지는 못했으나 그럼에도 분위기는 나쁘지 않았다.

결국 산 사람은 살아가야 하는 게 인생이었다.

대신 살아남은 이들은 죽은 이들의 시신을 챙겼다.

"이제 사천성만 해결하면 될 것 같습니다."

"지금처럼 모두가 합심해서 싸운다면 충분히 이길 수 있을 거야."

"저도 그렇게 생각합니다."

유하성이 고개를 주억거렸다.

그러면서 속으로 반드시 그리 만들 거라고 다짐했다.

후대에게 더 나은 세상을 물려주기 위해서라도 말이다.

스윽.

무율과 대화하면서 유하성은 두 친구들의 상태도 살폈다.

각자 사문을 살펴보고 있었는데 다행히 둘 다 큰 상처는 없어 보였다.

"조심히 다녀오셔야 해요. 절대 다치시면 안 돼요. 무리하셔도 안 되고요."

떠날 채비를 마친 유하성을 앞에 두고 이소향이 눈물을 글썽거렸다.

잠깐 떨어져 지낸 적은 있어도 이렇게 오랫동안 헤어져 있어 본 적이 없기에 이소향은 평소와 달리 훌쩍거렸다.

거기다 사천성으로 가는 이유가 전쟁 때문이었기에 이소향은 유하성의 손을 좀처럼 놓지 못했다.

"나보다는 네가 더 걱정이지. 이겼다고 하지만 전쟁은 아직 끝난 게 아니니까. 게다가 사백께서도 몸이 좋지 않고."

"회복이 느려서 그런 거지 죽을병 걸린 건 아니다."

이소향의 뒤에 조용히 서 있던 명천이 투덜거렸다.

생각보다 내상이 빨리 낫지 않아서 그렇지 몸 상태는 나쁘지 않았다.

당장이라도 싸울 수 있을 정도로 말이다.

다만 그럴 경우 요양해야 할 기간이 늘어났다.

"이제는 진짜 힘이 부치네. 내가 이럴 줄은 몰랐는데."

"사부님 연세를 생각하셔야죠."

유하성, 이소향과는 완전히 다른 분위기로 이춘상과 취선은 작별 인사를 하고 있었다.

취선 역시 내상이 좀처럼 낫지 않아 사천성에는 가지 않기로 했다.

대신 명천과 함께 무당산으로 가서 요양할 생각이었다.

"진짜 늙었어……."

"자연의 이치입니다."

"제자라는 것이 달래 주지는 못할망정."

"어쩌겠습니까? 제가 이런 성격인 것을요. 그리고 걱정은 매번 했는데 사부님이 듣질 않으셨잖아요."

"됐다. 사부님이라 하지 말고 이제부터는 꼬박꼬박 방주님이라고 해."

취선이 토라진 얼굴로 입술을 삐죽 내밀었다.

그러나 그 모습에도 이춘상은 꿈쩍도 하지 않았다.

오히려 귀엽다는 표정으로 취선을 바라봤다.

"조심, 또 조심하셔야 해요. 꼭 지금 모습 이대로 건강하게 집으로 돌아와 주세요."

"물론이지. 소향이도 건강하게 무당산을 잘 지키고 있어. 수련 열심히 하고. 사백님 말씀을 꼭 따라야 할 필요는 없어."

"크흠!"

마지막 말에 명천이 불편하다는 듯이 헛기침을 했다.

그런데 이상하게도 유하성의 말을 지적하는 이는 없었다.

명자배의 원로들 중 누구도 말이다.

심지어 제자이자 장문인인 무율마저도 조용히 고개를 끄덕이고 있었다.

"이게 잘하는 건지 걱정이 되네. 사형이 아니라 우리 소향이가."

"명덕 사백조께서도 건강히 다녀오셔야 해요."

화산에서 이소향을 지키고 있던 명덕이 이번에는 사천성으로 가는 병력에 합류했다.

명천이 싸울 수 없기에 대신 그가 가는 것이었다.

"물론이지. 반드시 살아 돌아올 터이니 걱정하지 않아도 된다."

"약속하신 거예요?"

"흠흠! 물론이지!"

어느새 손을 붙잡고 말하는 이소향의 모습에 명덕이 헛기침을 했다.

좋아하는 표정을 숨기기 위해 일부러 근엄한 표정을 지은 것이었다.

"우리 소향이 잘 부탁드립니다, 사백."

"걱정 마라. 아무리 내상을 입었다고 하나 나 검선이다. 거기다 취선도 있고. 그러니 걱정할 거 없다. 부상자들 때문이라도 천천히 이동할 테니까."

"저희도 함께 가니까 너무 걱정하지 마세요."

"꼭 보중하셔야 해요."

명천에 이어 제갈령령과 남궁희수가 입을 열었다.

그녀들의 곁에는 황주연과 서문예지도 있었다.

이소향과의 작별 인사가 끝나는 듯하자 다가온 것이었다.

"무당산에서 유 공자님이 다치지 않기를 기도하고 있을게요."

"조심히 다녀오세요. 기다리고 있을게요."

각자의 성격이 고스란히 드러나는 말에 유하성은 옅게 웃었다.

새삼 자신을 걱정해 주는 이들이 많아졌음을 느낄 수 있어서였다.

그래서 유하성은 네 여인의 손을 차례대로 잡아 주었다.

"조심히 가세요. 그리고 우리 소향이 잘 부탁합니다."

"네에."

갑작스러운 행동에 네 명의 여인들이 깜짝 놀랐다.

그렇게 손을 잡아 줄 줄은 몰라서였다.

그래서인지 다들 하나같이 얼굴을 붉혔다.

하지만 절대 먼저 손을 놓지는 않았다.

"커험! 딸자식 키워 봤자 아무 소용 없다더니."

"아, 아빠!"

그 모습에 남궁수가 대놓고 헛기침을 했다.

서운함이 가득 담긴 한마디를 내뱉었던 것이다.

반면에 남궁수의 옆에 서 있던 남궁준은 조용히 웃기만 했다.

느리지만 확실하게 관계가 깊어지는 것 같아서였다.

"아빠도 원정을 가는데. 더구나 하나뿐인 오빠도 가고."

"저는 괜찮습니다. 이제는 성인인데 각자의 길을 가야죠."

"너는 말을 해도."

어떻든 상관없다는 듯이 말하는 남궁준의 모습에 남궁수가 눈을 흘겼다.

그러나 이내 그의 손을 조심스럽게 붙잡는 남궁희수의 손길에 남궁수의 표정은 단숨에 무너졌다.

"당연히 아빠한테도 인사할 생각이었어요. 조심히 다녀오세요. 저는 무당산에서 기다리고 있을게요. 아빠의 무사귀환을 기원하면서요."

"엎드려 절받는 것 같다만……."

남궁수가 황급히 표정을 가다듬었다.

하지만 이어지는 딸의 말에 그는 항복할 수밖에 없었다.

"이것도 싫다면 별수 없고요."

"끄응!"

"다치지 말고 조심히 다녀오세요. 꼭 이기시고요."

"걱정 마라. 나 검제다."

남궁수는 가슴을 탕탕 쳤다.

그러고는 다른 이들과 짧게 인사한 후 몸을 돌렸다.

사천성으로 향한 것이었다.

어둠이 짙게 내려앉은 밤.

섬서성, 감숙성과 거의 맞닿아 있다시피 한 청천현의 한 대장원이 훤히 내려다보이는 야산에 유하성이 도착했다.

그뿐만 아니라 화산에서 출발한 병력이 전부 다 모여 있었다.

"저곳이 귀단문의 안가 중 하나가 아닐까 의심된다고?"

"예. 섬서성에서 놓아주었던 귀단문의 장로가 잠시 머물렀다고 합니다."

"그럼 하오문이나 흑점의 안가일 수도 있잖아?"

군데군데 놓인 횃불을 바라보며 남궁수가 물었다.

그러자 이춘상이 고개를 주억거렸다.

"그럴 가능성도 있습니다. 하지만 굳이 두 곳의 안가를 귀단문도들이 찾아갈 이유는 없다고 생각합니다. 보급을 위해서라도요."

"보급이 중요하긴 하지. 특히나 귀단문의 귀물을 하오문이나 흑점에 맡겨 둘 리 없고."

"바로 그겁니다."

남궁수가 턱을 쓰다듬었다.

역지사지로 생각해 보면 답은 나왔다.

"저곳이 귀단문의 안가든 아니면 하오문이나 흑점의 안가든 그건 중요하지 않은 것 같은데. 어느 곳의 안가이든 상관없지. 중요한 건 확실하게 연관이 있느냐, 없느냐이지."

"본 방에서는 연관이 있을 확률이 구 할이라고 생각합니다. 수상한 점도 있고요."

"수상한 점?"

천강이 반문했다.

그러고는 얼른 말하라는 눈빛을 보냈다.

"사람은 계속 들어가는데 나오는 이는 정해져 있다고 합니다."

"허어."

천강은 물론이고 남궁수와 제갈민의 동공도 커졌다.

듣는 순간 한 가지 추측이 뇌리를 관통해서였다.

"확인해 보면 되겠지."

"일단 확실히 연관은 있어 보이니까."

제100장 두 번째 전장

남궁수와 제갈민이 서로를 쳐다봤다.

그러고는 이내 몸을 움직였다.

굳이 시간을 끌 필요가 없어서였다.

잠시 후 천강을 위시로 대장원의 담벼락을 넘었다.

뎅뎅뎅뎅!

은밀히 움직였으나 인원이 많았기에 들키는 건 어쩔 수 없었다.

그걸 다들 알고 있어서인지 보초들이 종을 쳤지만 당황하는 이는 아무도 없었다.

"아예 정문으로 들어올 걸 그랬어."

"우리는 당당하니까."

"그렇지."

오히려 사정없이 울려 대는 경종 소리에 이춘상은 흡족한 미소를 지었다.

도둑도 아닌데 굳이 몰래 들어갈 필요가 없어서였다.

물론 숨겨진 병력이 있긴 하겠으나 크게 걱정하지는 않았다.

이곳에 모인 전력도 만만치 않아서였다.

옆에 있던 현광 역시 그리 생각하는지 사방에서 울려 퍼지는 경종 소리에도 전혀 반응하지 않았다.

대신 모여드는 이들을 냉정한 눈으로 살펴봤다.

"허억!"

"화, 화산무제다!"

"검제까지……!"

아예 대놓고 위풍당당하게 걸어오는 적들의 모습에 기막히다는 표정을 지었던 이들이 이내 두 눈을 화등잔만 하게 떴다.

왜냐하면 침입자가 다름 아닌 천하십대고수였기 때문이다.

그것도 한 명이 아니라 무려 두 명이 함께하고 있었다.

게다가 화산무제와 검제에 가려져 있어서 그렇지 제갈세가주나 무율, 하북팽가주도 결코 만만한 존재가 아니었다.

"패왕……!"

거기다 차기 천하십대고수가 아니라 당대의 천하십대고수라고 해도 과언이 아닌 유하성도 있자 모여들었던 무인들은 기함을 토했다.

수뇌부고 말단이고 할 거 없이 전부 다 경악했던 것이다.

동시에 이곳이 드러났다는 사실을 깨달았다.

이 정도 전력이 움직였다는 건 오직 한 가지만을 뜻했다.

파바바밧!

생각이 거기까지 닿은 순간 모여들었던 대부분의 무인들이 사방팔방으로 흩어졌다.

맞서 싸우는 대신 도주를 택한 것이었다.

고수층도 고수층이지만 일단 숫자에서부터 밀렸기에 누구도 싸울 생각을 하지 않았다.

"이, 이놈들이!"

"도망치지 마라! 되돌아오란 말이다!"

그 모습에 수뇌부가 악을 쓰듯 소리쳤지만 안타깝게도 그 지시에 따르는 이는 없었다.

오히려 더욱더 빨리 두 다리를 놀렸다.

붙잡히는 순간 죽음뿐이라는 사실을 잘 알아서였다.

충성심이 있기는 하나 목숨을 걸 정도는 절대 아니었기에 다들 발에 땀나도록 도망쳤다.

"모두 잡도록."

"예!"

그러나 도망도 마음대로 할 수 없었다.

적들이 사방팔방으로 흩어지자 제갈민이 지시를 내렸던

것이다.

거기에 남궁세가, 서문세가, 하북팽가, 황보세가의 무사들도 가세했다.

다들 한 명도 놓치지 않겠다는 듯이 맹렬한 기세로 추격했다.

"네놈은 우리와 오붓하게 대화를 나누어야 할 것 같은데."

"이익!"

직속 부하들 말고는 전부 다 흩어진 모습에 총책임자로 보이는 중년인이 몸을 부들부들 떨었다.

배신감에 치를 떠는 것이었다.

하지만 그의 행동은 딱 거기까지였다.

남궁수의 도발에도 중년인은 제자리에서 꼼짝도 하지 않았다.

"너무 싱거운데."

처음의 기세와는 전혀 다른, 싸우기도 전에 포기한 듯한 중년인과 무인들의 모습에 이춘상이 혀를 찼다.

당연히 이길 거라 생각하긴 했으나 이 정도로 저항이 없을 줄은 몰라서였다.

내심 곳곳에서 폭혈단을 삼킨 귀단문도들이 달려들지는 않을까 걱정했는데 다행스럽게도 그런 이는 없었다.

"흩어져서 살펴보죠."

"그럴 거 있어? 이놈한테 물어보면 되지. 숨기고 있는 거다 말하라고."

"이자가 시간을 끄는 사이 다른 녀석이 기밀들을 불태우거나 망가뜨릴 수 있으니까."

"아."

제갈민의 설명에 남궁수가 고개를 끄덕였다.

보통의 장원보다 몇 배는 큰 장원인 만큼 충분히 가능성이 있어서였다.

"내 방법이 꼭 정답이라고 할 수는 없으니 자네가 말한 것과 함께 하면 될 것 같군."

"그럼 바로 움직이자고."

은근히 자신의 기를 살려 주는 제갈민의 말에 남궁수는 씨익 웃으며 뒤를 돌아봤다.

그러자 각파의 제자들과 무인들이 뿔뿔이 흩어졌다.

끼이익.

유하성은 당연히 무율과 함께 움직였다.

무당파의 제자들을 데리고 대장원의 내원으로 향했다.

그중 무율이 택한 건 창고처럼 보이는 건물이었다.

겉보기에는 별거 없어 보이는 평범한 창고였으나 무율은 그냥 지나치지 않았다.

"약재 창고 같은데."

"어쩌면 여기서 폭정단과 폭혈단을 만들었을지도 모릅니다."

"흐음."

문을 열자마자 진하게 맡아지는 약초 냄새에 명덕이 미간을 좁혔다.

그사이 무당파의 제자들이 빠르게 창고 곳곳으로 흩어졌다.

수상한 것이 있나 확인하는 것이었다.

그러면서 경계도 확실하게 했다.

"이쪽은 인기척이 없습니다."

"여기도 없습니다."

함정과 암습을 거리낌 없이 사용하는 게 흑점과 하오문, 귀단문이었기에 무당파 제자들은 약재 창고라고 해서 마음을 놓지 않았다.

언제, 어느 순간 암습해 올지 몰라서였다.

그런데 잔뜩 경계한 게 무색하게도 창고에서는 딱히 특이한 점이 없었다.

"흐음."

유하성 역시 창고를 수색하고 있었는데 수상한 점은 보이지 않았다.

규모가 클 뿐 여느 약재 창고와 별반 다를 게 없었다.

"확실히 시간이 흐르긴 흐른 모양입니다."

"뭐가?"

자연스럽게 유하성과 함께 내부를 수색하던 원호가 입을

열었다.

생각하면 생각할수록 예전과는 달라진 것 같아서였다.

"예전에는 아무리 상황이 불리해도 끝까지 달려들던 게 귀단문이지 않습니까. 후퇴하란 명령이 있기 전까지는 동귀어진도 마다하지 않던 독종들이 귀단문도였는데요. 그런데 지금은 세가 불리한 듯하자 바로 내빼잖습니까."

"귀단문도 자연스럽게 세대교체가 된 모양이지. 사 년이라는 시간은 결코 짧지 않으니까."

"강제 세대교체이긴 하지만요."

원상이 어깨를 으쓱거렸다.

규모야 어느 정도 복구할 수 있다고 해도 충성심은 아니었다.

견실한 충성심을 쌓기에 사 년은 짧았다.

"응?"

"왜 그러십니까?"

걸어가던 유하성이 갑자기 멈춰 섰다.

그러자 원상과 원호, 원경도 멈췄다.

"소리가 다른 것 같아서."

"소리요?"

"응. 발걸음 소리. 이곳이랑 저쪽이랑 발걸음 소리가 다른 것 같은데."

"제가 확인해 보겠습니다."

넷 중 막내인 원경이 후다닥 뛰어갔다.

일부러 소리가 나도록 쿵쾅거리며 걷자 확실히 소리가 다르다는 걸 알 수 있었다.

"비어 있는 것 같은데요?"

"무슨 일인가?"

이상한 원경의 행동에 무율과 명덕도 다가왔다.

살짝 기대하는 표정을 지으면서 말이다.

유하성은 두 사람에게 간단하게 설명하고는 바닥에 깔려 있는 네모반듯한 돌을 들어 올렸다.

"이런 건 저희가 하겠습니다."

"어? 통로가 있습니다!"

유하성을 만류하며 돌을 들어 올린 원호가 소리쳤다.

딱 하나를 들어 올렸을 뿐인데 아래로 향하는 돌계단이 보여서였다.

"정말이군."

길쭉하게 깎은 돌을 들어 올리자 어둠과 연결된 듯한 돌계단의 모습이 보이자 무율이 눈을 빛냈다.

그사이 일대제자들이 나머지 돌도 들어 올렸다.

"들어가 보자고."

"예."

빛 한 점 없었으나 여기 있는 무인들 중 어둠에 구애받는 이는 없었다.

고르고 고른 무당파의 정예가 여기 있는 제자들이었기에 명덕은 무율과 함께 지하로 성큼성큼 들어갔다.

"흐읍!"

"이게 무슨 냄새야?"

"뭔가 썩는 것 같은 냄새인데?"

후각이 좋은 몇몇 제자들이 중얼거렸다.

하나같이 얼굴을 잔뜩 찡그리고서 말이다.

그리고 그건 선두에서 걸어가던 유하성도 마찬가지였다.

지독한 악취에 자기도 모르게 미간을 좁히고서 유하성은 걸음을 옮겼다.

"헉!"

"우욱!"

"이게 대체……."

혹시나 기관진식이나 함정이 있을까 싶어 무율은 확실하게 탐색하며 걸어갔다.

조심해서 나쁠 건 없어서였다.

그런데 긴장한 게 무색할 정도로 함정은 없었다.

대신 누구도 상상하지 못했던 광경이 모두의 눈을 가득 채웠다.

화륵. 후르륵.

길의 끝에는 거대한 석실이 있었는데 다른 곳들과는 달리 벽 곳곳에 횃불이 걸려 있었다.

그래서 석실 내부의 풍경이 적나라하게 보였다.

마치 푸줏간의 고기처럼 천장과 연결된 쇠사슬에 걸려 있는 사람의 시체에 모두가 입을 쩍 벌렸다.

하지만 그건 일부일 뿐이었다.

뚝. 뚝. 뚜둑.

쇠사슬에 매달린 시체의 발목은 하나같이 잘려 있었다.

남녀노소를 막론하고 전부 잘려 있었는데 목적은 하나였다.

바로 피를 모으기 위해서였다.

걸어오면서 맡은 썩은 내의 정체이기도 했다.

"……인신공양은 아닌 것 같은데."

"사람의 피로 무언가를 만든 것 같습니다. 그게 뭔지는 모르겠습니다만."

"난 알 것 같은데."

명덕의 목소리가 무거워졌다.

한쪽 구석에 마련된 설비에서 익숙한 환약을 볼 수 있어서였다.

그걸 본 무율 역시 얼굴이 돌덩이처럼 굳어졌다.

"……저건."

"아무래도 우리가 예상한 게 맞는 것 같은데."

저벅저벅.

명덕이 탁자가 있는 곳으로 걸어갔다.

그러고는 층층이 만들어져 있는 선반도 살펴봤다.

하지만 만지거나 직접적으로 냄새를 맡아 보지는 않았다.

굳이 그렇게 하지 않아도 알 수 있어서였다.

"근데 왜 사람이 없는 걸까요?"

"도망쳤겠지. 아니면 여기 말고 다른 곳에 숨었거나. 폭정단과 폭혈단을 만들 수 있는 이는 소수일 테니까. 특히나 이런 과정들을 직접 보고 조합할 수 있는 이가 평범할 리 없고."

명덕의 음성이 그 어느 때보다 싸늘했다.

폭정단과 폭혈단의 비밀을 알게 되자 분노를 감출 수가 없었던 것이다.

"아마 이곳만이 아닐 겁니다. 수용소와 마찬가지로요."

"그놈을 좀 더 살려 둬야겠구나."

유하성의 말에 명덕이 두 눈을 형형하게 빛냈다.

마음 같아서는 당장 때려 죽여도 시원찮았지만 역설적이게도 귀단문의 장로를 놓아주었기에 이런 비밀 장소를 알아낼 수 있었다.

"개인적으로는 더 없었으면 좋겠다고 생각합니다."

"그러니 그걸 확인하기 위해서라도 좀 더 살려 둬야지. 그 정도는 이들도 이해해 줄 거다."

명덕이 두 눈을 감았다.

죽은 이들의 마지막이 어떠했을지 절절히 느껴져서였다.

얼마나 원통한지 단 하나의 시체도 눈을 감은 게 없었다.

특히 어린아이들의 시체는 더더욱 보기가 힘들었다.

까드득!

동시에 이 천인공노할 짓을 저지른 귀단문에 어마어마한 분노가 치솟았다.

그런데 그건 여기 있는 모두가 같았다.

따다다당!

명덕과 무율이 분노를 삭이고 있을 때 유하성은 직접 움직였다.

더는 시신들을 욕보이지 않도록 천장과 연결된 쇠사슬을 끊어 버렸던 것이다.

그 모습에 원상과 원호, 원경을 비롯한 일대제자들이 전부 움직였다.

"당장 없애 버리고 싶지만, 다른 분들에게도 알려야 하지 않겠습니까?"

"그래야지. 귀단문이 저지른 일을 모두가 알아야 해."

여전히 흥분을 가라앉히지 못하는 명덕을 대신해 무율이 대답했다.

그러나 그의 눈 역시 핏발이 잔뜩 선 상태였다.

"제가 다녀오겠습니다."

"그래."

원경이 눈치껏 밖으로 나갔다.

잠시 후 남궁수를 비롯해서 제갈민과 천강 등등이 들어왔는데 하나같이 경악을 금치 못했다.

폭정단과 폭혈단이 이런 방식으로 만들어질 줄은 몰라서였다.

그 후의 반응은 모두가 똑같았다.

"이! 이!"

특히 이춘상의 반응이 가장 격렬했다.

터질 것처럼 얼굴을 붉히며 씩씩거렸던 것이다.

반면에 현광은 말없이 분노했다.

"살려 둘 생각이 없었지만, 이걸 보니 더더욱 죽여야겠다는 생각이 드는군."

"저도 그렇습니다. 어찌 인간이 이런 짓을⋯⋯."

천강의 중얼거림에 제갈민이 말을 이었다.

하지만 그도 더 이상 말을 잇지 못했다.

그 정도로 지금 보이는 광경은 충격적이었다.

하지만 이내 정신을 차린 그는 사람을 시켜 이곳을 불태우고 무너뜨렸다.

사천성의 상황이 그리 좋지 않기에 서둘러 이동해야 했다.

그래서 제갈민은 별수 없이 이런 식으로 넋을 위로할 수밖에 없었다.

"어서 오십시오."

성도에 위치한 사천당가에 도착하기 무섭게 총관이 마중을 나왔다.

이때쯤 도착할 거라 예상하고서 미리 나와 있던 것이었다.

한데 총관의 몸 상태가 썩 좋아 보이지 않았다.

"다들 안에서 기다리고 있나?"

"예. 회의실에 모여 있습니다."

"가지."

"모시겠습니다."

가장 배분이 높은 천강이 앞장서라는 듯이 말하자 총관이 몸을 돌렸다.

그러면서도 그는 아랫사람을 시켜 각 가문과 문파가 머물 숙소를 배정케 했다.

"우리는 잠시 쉴 수 있겠다."

"헛소리하지 말고 따라와."

이춘상의 중얼거림을 귀신같이 들은 천강이 무슨 소리냐는 듯이 말했다.

그러고는 유하성과 현광을 쳐다봤다.

좋은 말로 할 때 따라오라는 눈빛이었다.

"저, 저요?"

"그럼 내가 누굴 말하겠느냐. 현재 개방의 대표는 너이지 않더냐."

"어, 장로님들도 계시는데요?"

진짜 당황했는지 이춘상이 평소답지 않게 말을 더듬었다.

하지만 이춘상의 변명에도 천강은 단호했다.

"시끄럽고 참석해. 이번에 알아낸 것들에 대해서도 설명해야지."

"그건 다른 사람도 충분히……."

"몇 번을 더 말해야 해?"

"……알겠습니다."

이춘상이 눈물을 머금고 승복했다.

이렇게까지 말하는데 거부할 수는 없어서였다.

대신 장로를 비롯한 다른 개방도들은 안도의 한숨을 내쉬었다.

이춘상이 끌려감으로써 그들은 쉴 수 있어서였다.

"너희 둘도."

"저도 말입니까?"

"그래. 현광이는 이 전쟁을 끝으로 내 자리를 물려받을 테니까 슬슬 일을 배워야 하고 너는 명천을 대신해서 참석해야지."

"장문사형이 계십니다만."

수긍하는 현광과 달리 유하성은 얼굴 가득 의문을 표했다.

무당파의 장문인으로서 무율이 회의에 참석하는데 자기까지 참여할 필요가 있나 싶어서였다.

"천하십대고수급이 편히 쉬겠다고?"

"……."

"두 번 말하게 하지 마. 그리고 화산에서는 회의에 잘도 참석했으면서 이제 와 딴소리야?"

"……알겠습니다."

결국 유하성도 이춘상과 똑같은 대답을 할 수밖에 없었다.

그런데 그 모습이 재미있었던 모양인지 남궁수가 어깨를 토닥거렸다.

"회의의 늪에 온 걸 축하하네, 사위."

"아직 사위는 아닙니다만."

"그럼 예비 사위."

"그것도 아닌 것 같습니다만."

단호하게 선을 그었음에도 남궁수는 능글맞게 웃었다.

말은 이렇게 해도 정색하지는 않아서였다.

"말조심하게나."

"그럼 너도 해. 이미 해 봤잖아?"

"흠흠!"

제갈민이 나무라듯 말했으나 남궁수는 뻔뻔했다.

모르는 사람이 없는데 굳이 자제할 필요가 있나 싶어서였다.

그리고 사실 제갈민도 속마음은 남궁수와 같았다.

다만 유하성이 불편해하는 것 같아 자제하는 것일 뿐.

"됐고, 얼른 가자고. 상황이 썩 좋지 않다고 하니까."

"알겠습니다."

천강의 주도하에 수뇌부라 할 수 있는 인원들이 총관을 따라 회의실로 향했다.

―분위기가 엄청 심각하네.

―상황이 썩 좋지 않으니까.

백 명은 족히 둘러앉을 수 있을 정도로 넓은 대회의실에 들어간 이춘상은 곧바로 눈살을 찌푸렸다.

생각했던 것보다 분위기가 더 좋지 않아서였다.

게다가 옅은 피 냄새가 나는 것으로 보아 부상자가 꽤 많은 듯했다.

"왔는가."

"괜찮나?"

"아미타불. 심각한 정도는 아니오."

가장 상석인 사천당가주의 옆에 앉아 있던 성승 각현이 옅게 웃었다.

그런데 그의 안색이 살짝 창백했다.

내상을 입은 듯 얼굴이 그리 좋지 않았던 것이다.

"괜찮아 보이지도 않는데."

"견딜 만하외다. 그보다 두 사람의 상태는 어떻소?"

"들었겠지만 명천과 취선 둘 다 싸우기 힘들 정도네."

"허어."

여기저기에서 장탄식이 흘러나왔다.

성승 다음가는 고수들이라 할 수 있는 쌍선(雙仙)이 합류하지 않는다는 건 이미 알고 있었다.

하지만 혹시나 하는 기대가 있었다.

두 사람 다 당대의 천하십대고수이자 중원무림을 대표하는 고수였기 때문이다.

"무리를 한다면야 싸울 수는 있겠지. 하지만 완벽하게 회복하지는 못할 것이네. 만약 최악의 상황이 벌어진다면……."

"사기는 물론이거니와 돌이킬 수 없는 상황이 펼쳐질 것이오."

"그래서 둘 다 오겠다는 걸 만류했네. 최후의 보루도 있어야 하고. 어떻게 보면 적임자이지 않나?"

"그렇긴 하오."

각현이 고개를 주억거렸다.

무림쌍선이라면 최후의 보루라고 해도 모자라지 않았다.

다만 무림쌍선이라는 전력이 많이 아쉬울 뿐.

하나 아무리 생각해도 득보단 실이 많았다.

"이젠 이쪽 상황에 대해서 설명해 주었으면 하네만."

"혈뇌음사의 인원은 오백 명 정도 되오. 알아본 바에 의하면 추가되는 인원은 없소. 하오문과 흑점, 귀단문의 인원을 천오백 명 정도라고 생각하면 되오이다."

"여전히 많군."

천강이 쓴웃음을 지었다.

줄이고 줄였다고 생각했는데 숫자가 적지 않아서였다.

"숫자도 숫자지만 가장 큰 문제는 혈뇌음사의 삼불(三佛)이오."

"소문대로 강한가?"

"……솔직히 말하면 빈승은 자신이 없구려."

각현이 무거운 어조로 말했다.

그러나 각현의 고백에도 의외로 놀라는 사람은 별로 없었다.

사 년 전 번천회와의 전쟁으로 각현보다 더 강한 무인이 있을 수도 있다는 걸 알게 되어서였다.

때문에 충격을 받은 이는 별로 없었으나 대신 얼굴들이 하나같이 어두웠다.

"각현 대사께서 말씀하시는 건 삼불 중 혈불(血佛)입니다. 마불(魔佛)과 괴불(怪佛)도 끔찍하지만 혈불은 그 두 명보다 더 윗줄입니다."

"그 정도란 말이지."

사천당가주이자 독제라 불리는 당민후가 깊은 한숨과 함께 부연 설명을 했다.

각현과 마찬가지로 그 역시 삼불과 직접 싸워 봤기에 누구보다 정확하게 말할 수 있었다.

"솔직히 저 혼자서는 마불이나 괴불을 상대할 자신이 없습니다. 거기다 혈뇌음사의 혈승(血僧)들도 수준이 상당합니다."

"으음!"

이어지는 당민후의 말에 청성파와 아미파의 장문인이 동시에 침음을 흘렸다.

직접적으로 상대해 보았기에 혈뇌음사의 혈승들이 얼마나 강한지 잘 알아서였다.

숫자는 그렇게 많지 않지만 한 명 한 명이 상당한 강자들이었다.

"냉정하게 말해 우리가 잘 버틴 것도 있지만 지원군을 기다린 것도 없지 않아 있소이다."

"기다렸다는 말은?"

"한 번에 날려 버리겠다는 속셈 아니겠소이까."

"허어."

각현의 말에 천강이 기가 차다는 표정을 지었다.

그런데 다른 이들의 표정을 보아하니 그게 꼭 말도 안 되는 소리 같지는 않았다.

다들 각현의 말을 부정하지 않았던 것이다.

오히려 두려운 듯이 두 눈을 질끈 감는 이도 있었다.

─생각했던 것보다 더 안 좋은데?

─그러게.

발언권이 없는 건 아니었으나 유하성은 딱히 대화에 참여하지 않았다.

우선은 회의가 어떻게 흘러가는지 지켜볼 생각이었다.

한데 예상했던 것보다 분위기가 더 안 좋았다.

눈치 빠른 이춘상은 진즉에 그걸 파악한 상태고.

─우리가 왔음에도 힘들다고 생각하는 건가?

─쌍선 두 분이 오시지 않았다는 사실에 실망한 걸 수도 있고. 하지만 그렇다고 해서 포기하려는 사람은 없을 거야.

─그거야 당연하지. 포기하는 순간 죽음이니까. 그리고 중원은 혈뇌음사의 손에 넘어가겠지.

이춘상이 답답하다는 듯이 전음을 보냈다.

백랑성을 물리쳤음에도 여전히 상황이 나아지지 않은 듯해서였다.

여전히 첩첩산중인 듯하자 이춘상은 나직이 한숨을 내쉬었다.

"다들 벌써부터 진 것 같은 표정이외다."

"으음!"

그때 남궁수가 못마땅한 표정으로 입을 열었다.

반겨 주지는 못할망정 다들 땅이 꺼져라 한숨만 쉬고 있자 어이가 없었다.

사기를 끌어올려 조금이라도 승산을 높여도 모자랄 판이었다.

그런데 다들 죽지 못해 사는 것처럼 보이자 남궁수는 눈살을 잔뜩 찌푸렸다.

"전쟁은 아직 끝나지 않았습니다. 어떻게 보면 이제부터가 시작입니다."

"아무리 그래도 두 분을 모셔 왔어야 했소."

제갈민이 거들듯이 입을 열었다.

그러나 그의 말에도 좌중의 분위기는 달라지지 않았다.

도리어 다들 타박하듯 입을 열었다.

쌍선의 상태가 아무리 좋지 않다고 하나 그래도 무림쌍선이었다.

내상이 심각하다고 하나 그래도 이 자리에 함께 있다면 사기가 달라졌을 터였다.

적들 역시 상당한 압박감을 느꼈을 테고.

"그 말은 두 사람이 무림쌍선이니 당연히 희생해야 한다는 것이냐?"

"중원무림을 위해서……."

"하면 너도 대의를 위해서 희생하면 되겠구나."

"……."

천강의 일침에 공손세가주가 입을 다물었다.

하지만 얼굴에는 불만이 가득했다.

애초에 그와 쌍선을 같은 선상에 둔다는 것 자체가 말이 되지 않아서였다.

그러나 다른 이들의 생각은 다른지 그를 옹호해 주지 않았다.

"다른 이들의 생각은 다른 모양인데."

"장문인께서 잘 말씀하셔서 그런 듯합니다."

제갈민이 그리 말하며 장내를 둘러봤다.

그런데 누구도 그와 시선을 마주하지 않았다.

마음은 공손세가주와 같았어도 그걸 입 밖에 꺼내지는 못했다.

"몇몇이 진짜 고생 많았겠어."

"허허허."

후르릅.

날이 바짝 선 천강의 일갈에 당민후와 각현이 머쓱한 표정을 지었다.

할 말은 많으나 하지 않겠다는 표정이었다.

하지만 제갈민이 염려되는 건 의견 충돌이 아니라 분위기였다.

이미 지기라도 한 것처럼 패배자의 표정을 하고 있었다.

"더 이상의 전체 회의는 무의미할 것 같습니다."

"알겠소."

각현 역시 같은 생각이라는 듯이 힘없이 웃었다.

이윽고 대회의실을 가득 채웠던 각파와 무가의 수장들이 하나둘 방을 나섰다.

그러자 어느새 넓은 대회의실에는 열다섯 명 남짓한 인원만 남았다.

"두 사람도 남게나."

"저희도 말입니까?"

"그렇다네. 이 대협이야 개방의 후개이니 당연히 대표자로서 남아야 하고. 두 사람의 의견도 필요할 거 같아서 말일세."

"저희가 있을 자리는 아닌 것 같습니다만."

현광이 조심스럽게 대답했다.

사부인 천강이 남아 있는데 굳이 그까지 있어야 할 필요성이 있나 싶어서였다.

그리고 그 생각은 유하성도 마찬가지였다.

"이건 공식적인 자리가 아니니까 괜찮네. 다들 나와 같은 생각일 테고."

제갈민이 그리 말하며 좌중을 둘러봤다.

그러자 그와 눈이 마주친 모두가 고개를 주억거렸다.

몇몇은 대놓고 호기심을 드러냈고 말이다.

"세 사람은 어찌 보면 중원무림의 미래라고 할 수 있으니."

친우인 남궁수가 거들듯이 말했다.

당장 유하성은 당대의 천하십대고수에 꼽혀도 모자람이 없는 실력자였고, 이춘상과 현광 역시 그에 준할 정도의 수준은 되었다.

차기 천하십대고수의 재목들이라고나 할까.

"과찬이십니다."

"겸손한 척하기는."

"하하. 티 났습니까?"

"안 날 리가 있겠나?"

특유의 넉살스러운 얼굴로 대답하는 이춘상의 모습에 남궁수가 피식 웃었다.

그러나 실력만큼은 인정했다.

괜히 취선이 이춘상에게 방주 대리를 맡긴 게 아니었다.

"혹 좋은 생각이 있는가? 허심탄회하게 말해도 되네. 부담은 가질 것 없고. 이 자리는 편하게 머리를 맞대는 자리이니."

제갈민이 자연스럽게 분위기를 만들었다.

애초에 그는 물론이고 여기 있는 수뇌부들도 세 사람에게 크게 기대하지는 않았다.

만약 그런 게 있었다면 진즉에 지금과 같은 상황을 타개했을 터였다.

그렇기에 제갈민은 좀 더 나은 방법을 찾는 것에 중점을
두었다.

"최대한 효율적으로 싸워야 하지 않겠습니까? 이번에는
우리에게 유리한 게 많지 않습니까."

"어떻게?"

유하성이 입을 열자 제갈민이 눈을 빛냈다.

평소에 유하성이 허튼소리를 하지 않는다는 걸 잘 알아서
였다.

"일단 지형도, 인원도 우리가 유리합니다. 하오문이 있다
고 하나 사천성의 터줏대감은 누가 뭐래도 사천당가와 청성
파, 아미파이지요. 거기다 귀단문은 현재 보급에 문제가 생
긴 상태입니다."

터줏대감이라는 말에 당민후와 청성파, 아미파의 장문인
이 고개를 주억거렸다.

성세에 따라 패자가 바뀌기는 하나 고래로부터 사천성을
대표해 온 건 바로 이 세 곳이었다.

하오문과 개방의 영향력이 중원 전역에 닿아 있다고 하나
사천성에 한정한다면 두 곳보다 더한 힘을 가진 게 당가와
아미파, 청성파였다.

특히나 익숙한 전장이 가지는 효과는 상당했다.

"폭혈단과 폭정단을 말하는 것이오?"

"그렇습니다, 각현 대사님."

배분은 이 자리에서 제일 높았으나 그는 누구에게도 말을 놓지 않았다.

한참 어린 후기지수에게도 말이다.

하지만 그렇기에 더더욱 한마디 한마디에 무게감이 있었다.

"귀단문의 보급을 끊은 건 확실히 성과긴 해. 그러나 그것만으로 전세를 뒤집기에는 부족해."

당민후가 고개를 저었다.

폭정단과 폭혈단의 보급을 끊은 건 분명한 성과였다.

안 그래도 그 두 개 때문에 큰 골치를 썩고 있었으니까.

하지만 파괴한 곳 말고는 아직 다른 곳을 찾지 못한 상태였다.

"그거 하나만 믿으면 부족한 게 사실입니다. 그러나 우리에게는 쓸 수 있는 패가 더 있지 않습니까."

유하성이 그리 말하며 당민후와 제갈민을 번갈아 쳐다봤다.

그 시선에 당민후가 고개를 갸웃거렸다.

말을 들어 보니 그에게 기대하는 게 있는 듯해서였다.

반면에 제갈민은 떠오르는 게 있는지 눈을 반짝였다.

"패가 더 있다고?"

"일단 수적으로 우리가 유리하지 않습니까. 섬서성에서와는 달리."

"인해전술을 말하는 건가?"

당민후가 미간을 좁혔다.

인해전술은 말이 전술이지 무인들을 갈아 넣자는 말과 다름이 없어서였다.

물론 일종의 차륜전이라고도 할 수 있지만 달리 보면 무책임하기 짝이 없는 전술이었다.

"인해전술이라고 해서 꼭 목숨을 걸어야 하는 건 아닙니다. 누가 펼치느냐에 따라 극과 극의 모습을 보여 주는 게 인해전술입니다."

"흐음."

유하성의 시선이 제갈민에게 닿자 당민후는 고개를 살짝 주억거렸다.

그러나 못마땅한 기색이 완전히 사라지지는 않았다.

제갈세가의 역량을 모르는 건 아니지만 그렇다고 해결책이라고 생각되지는 않았다.

"그리고 우리에게는 적들에게 없는 치명적인 무기가 하나 있지 않습니까."

"본 가 말인가?"

"예."

"창고를 싹 다 비우라는 얘기로 들리는군."

당민후는 어째서 유하성이 자신과 제갈민을 번갈아 쳐다

봤는지 이제야 이해했다.

확실히 유하성의 말도 일리는 있었다.

독은 준비해서 제대로 사용한다면 그 어떤 무기보다 강력하고 치명적이었다.

다만 공짜는 없다는 말처럼 하나의 독을 만드는 데 비용과 노력, 시간이 어마어마하게 들어갔다.

"이기기 위해서라는 형식적인 말은 하지 않겠습니다. 대신 귀단문의 연구실에서 얻은 걸 공유하겠습니다."

"폭정단과 폭혈단의 제조 과정을 말인가?"

떨떠름하던 당민후의 표정이 대번에 바뀌었다.

두 환약에 치명적인 부작용이 있다는 걸 알았지만 꼭 제조 방법을 안다고 해서 똑같이 만들 필요는 없었다.

필요한 부분만 빼내서 따로 연구해도 되었기에 사천당가로서는 무조건 이득이었다.

"저에게 결정권은 없지만, 발언권은 있습니다. 저 역시 함께했으니까요."

"공유 정도라면 괜찮을 것 같습니다. 애초에 독점이 불가능하기도 하고, 또 독점한다면 그건 그것 나름대로 문제가 될 테니까요."

적어도 제갈민은 동의한다는 듯이 말했다.

폭혈단과 폭정단은 분명 악마의 환약이라 해도 과언이 아닐 정도로 위험했으나 애초에 약도 처음에는 독이었다.

독을 제 용도에 맞게 사용해서 약이 된 것이었기에 제갈민은 폭정단과 폭혈단 역시 마찬가지라고 생각했다.

게다가 가장 중요한 건 연구실에서 얻은 게 완벽한 제조 방법이 아니라는 점이었다.

그런 걸 허술하게 관리할 리 없었다.

귀단문의 연구실에서 얻은 건 일종의 연구일지였다.

하지만 중요한 건 여기에 핵심적인 내용들이 적혀 있다는 사실이었다.

"쟁여 둔 걸 쓴 만큼 챙겨 주겠다라."

"저는 그저 제 생각을 말씀드린 것뿐입니다."

"아껴서 똥이 될 바에는 사용하는 게 낫지. 좋아. 여유가 있는 독은 모조리 꺼내지. 근데 저쪽에서도 분명히 대비를 할 것이다. 특히 하오문에서."

사천당가가 독으로 유명하다는 건 모르는 사람이 없었다.

그런 만큼 하오문도 철저하게 대비를 했을 터였다.

"하지만 세상에 완벽한 건 없지 않습니까. 피독주가 있다고 하나, 막을 수 있는 독은 한계가 있으니."

"피독주의 가격도 만만치 않고. 그러나 단점도 있어. 적에게 치명적인 만큼 이쪽 역시 마찬가지야. 해독제는 있지만 그 양은 독만큼 많지 않아."

"그러니 준비해서 잘 사용해야 하지 않겠습니까. 바람의 방향도 계속 확인하고. 다행히 전장은 사천성이니 우리에게

유리합니다. 하오문 측에서 대비를 하겠으나 방법이 없는 건
아니니."

제갈민이 자신만만하게 웃어 보였다.

사천당가에서 독을 아끼지 않겠다고 하면 쓸 수 있는 방법
이 꽤나 많았다.

더욱이 전술에서 중요한 숫자 역시 이쪽이 훨씬 더 많았
다.

그렇다는 말은 그가 사용할 수 있는 방법이 늘어났다는 걸
뜻했다.

"이제 문제는 삼불(三佛)이로군. 참고로 삼불에게 독은 통
하지 않았어. 최소 만독불침에 근접했거나, 만독불침지체일
수도 있어."

사천성 연합이 이렇게나 밀리는 데에는 삼불의 영향이 지
대했다.

세 명 전부 각현과 비슷하거나 반 수 정도 위였다.

때문에 당민후는 무거운 어조로 앉아 있는 이들을 한 명씩
쳐다봤다.

"대단하군."

"이기려면 그 셋을 쓰러뜨려야 해."

"혼자서 힘들다면 힘을 합칠 수밖에. 자존심을 챙기겠다
고 하면 어쩔 수 없고."

"협공을 하자는 건가?"

다른 이도 아니고 검제라 불리는 남궁수가 일말의 망설임
도 없이 협공을 하자고 말하자 당민후가 두 눈을 동그랗게
떴다.

설마하니 남궁수가 이 말을 먼저 꺼낼 줄은 몰라서였다.

"힘이 부족하면 합쳐야지. 그리고 먼저 비겁하게 외세를
끌어들인 건 저쪽이야."

"저도 그렇게 생각합니다."

"나 역시. 혼자서 안 된다면 힘을 합쳐야지."

제갈민에 이어 각현과 함께 가장 큰 어른이라고 할 수 있
는 천강이 입을 열었다.

자존심이 상하지만 대승적으로 생각해야 했다.

만약 이 전쟁에서 패배한다면 여기 있는 이들은 물론이고
후대를 장담할 수 없었다.

아니, 각자의 사문과 가문이 멸문할 것이었다.

"저도 같은 생각입니다. 제 자존심보다는 사문과 제자들
이 먼저입니다. 지금은 만용을 부리기보다 현실을 직시하고
용기를 내야 한다고 생각합니다."

"그렇다는군."

지금껏 조용히 있던 무율도 입을 열자 천강의 시선이 각현
에게 향했다.

당대의 천하제일인이기에 다른 사람들과 생각이 다를 수
도 있어서였다.

그런데 각현은 의외로 고개를 끄덕였다.

"외세의 침략에 백도무림은 늘 힘을 합쳤소이다. 소림 역시 마찬가지였고. 그러니 빈승 역시 협공하겠소이다. 나한승들과 함께 혈불을 맡겠소."

"백팔나한진으로 말인가?"

"그렇소."

이번에는 천강이 놀랐다.

아니, 모두가 똑같이 두 눈을 휘둥그레 떴다.

각현의 성격상 받아들일 가능성이 크다고 예상하긴 했었다.

그런데 장로들이나 팔대호법도 아니고 백팔나한진과 함께 협공을 한다고 하자 다들 놀란 표정을 감추지 못했다.

"그럼 승산이 있습니다. 숫자도, 보급도, 지형도 다 우리가 유리하니까요."

"하오문이 있다고 하나 이쪽에는 금와장도 있으니."

제갈민의 목소리가 밝아졌다.

확실히 각현과 백팔나한진이라면, 소림사의 핵심이라면 제아무리 혈불이라도 승산이 있었다.

거기에 남궁수가 유하성을 바라보며 말하자 모용세가주와 당민후, 청성파와 아미파 장문인의 시선도 함께 움직였다.

금와장이 움직인다는 건 아무래도 유하성 때문일 가능성이 높아서였다.

"흑점에게 당한 것도 있으니 보급만이라면 가능성이 있습니다."

"아주 최악은 아니야. 무림의 협객들이 전부 모이고 있으니까."

"지원군이 속속 도착하고 있긴 하죠."

유하성과 남궁수를 번갈아 쳐다보며 이춘상이 말했다.

의미심장하게 웃으면서 말이다.

"아, 그리고 보고할 게 하나 있습니다. 원래는 아까 전에 말씀을 드렸어야 했는데 분위기가 좋지 않아 꺼내지 못했습니다."

"뿔피리에 관한 내용이오?"

"그렇습니다. 백랑성을 이용했으니 혈뇌음사라고 이용하지 말란 법은 없으니까요. 그게 힘들다면 하오문도들에게 사용했을 수도 있습니다. 흑점주의 말에 의하면 영약이라고 속여서 먹였다고 합니다."

아예 보고를 안 받은 건 아니었기에 각현은 짐작하고 있었다는 듯이 물었다.

그러나 이어진 말에는 눈살을 찌푸렸다.

"악랄한 것들."

"폭정단과 폭혈단의 생산 시설을 파괴하기는 했으나 분명 어느 정도는 퍼져 있을 겁니다. 그에 따른 대비가 필요합니다."

武當霸王
무당
패왕

모두가 이맛살을 찌푸리는 걸 보며 제갈민이 차분한 어조로 말을 이었다.

앞서 알리기는 했으나 그래도 또 주지시켜서 나쁠 건 없어서였다.

"대비가 가능하겠소?"

"난전을 피하는 게 현재로서 할 수 있는 가장 현실적인 방법이지만, 실행하기가 불가능합니다."

"그럼 소용이 없는 거 아니오?"

"아닙니다. 미리 알고 있는 것과 그렇지 않은 것의 차이는 큽니다. 일단 징조가 있지 않습니까."

"아, 소리가 들린 순간 거리를 벌리는 방법이 있겠구려."

각현이 두 눈을 크게 떴다.

확실히 뿔피리에 대해서 미리 알려 둔다면 대응이 즉각적일 터였다.

난전이기에 몸을 빼내는 게 쉽지는 않겠으나 그래도 아무것도 모른 채 당하지는 않을 터였다.

"거기다 소리이기에 똑같이 소리로 상쇄하는 방법도 있습니다. 표본이 부족하기에 완벽하다고 장담할 수는 없지만 최소한 시간을 버는 건 확인했습니다."

"백랑성주가 사용했다던 방법이구려."

"그렇습니다."

"하면 사자후나 창룡후도 어느 정도는 효과가 있겠구려."

"가급적이면 뿔피리 소리와 비슷한 소리가 더 효과 있지 않을까 생각합니다."

제갈민의 말에 모두가 고개를 주억거렸다.

어느 정도는 일리가 있다고 생각해서였다.

그리고 사용되는 내공을 생각하면 백랑성주처럼 무기를 이용하는 게 효율적이었다.

"이제야말로 진짜 회의를 하는 것 같군. 지금까지는 그저 다들 죽는 얘기만 하고 대책에 대해서는 전혀 말을 하지 않아서."

당민후가 투덜거렸다.

모여서 하소연만 하니 회의가 제대로 굴러갈 리 만무했다.

그나마 제갈세가와 비슷한 사마세가가 있긴 했으나 지금처럼 명쾌하고 실속 있는 내용은 없었다.

"우선 뿔피리에 대한 내용을 각파에 전달해야 할 것 같소."

"지금 바로 전달하겠습니다."

"저도 돕겠습니다."

제갈민에 이어 이춘상이 대답했다.

아무래도 이런 쪽의 일은 개방이 빠를 수밖에 없어서였다.

더불어 따로 개방도들에게 들을 것도 있었다.

지원군이 도착했음에도 혈뇌음사는 움직이지 않았다.

그렇다고 백도무림과 마찬가지로 지원군이 오는 것도 아니었다.

소규모로 지원 병력이 오기는 했으나 백도무림에 비하면 조족지혈이었다.

그게 제갈민은 강자의 여유라고 판단했다.

"충분히 그럴 만도 하지."

직접 삼불을 본 건 아니지만 사천당가주를 비롯해서 청성파와 아미파의 장문인에게 제갈민은 자세하게 들었다.

삼불이 지닌 엄청난 힘을 말이다.

심지어 삼불은 단순히 강한 걸 넘어 까다롭기까지 했다.

가장 강한 혈불이 오히려 평범한 축에 들 정도로 마불과 괴불은 괴이하기 짝이 없었다.

"하지만 덕분에 우리는 준비할 시간을 벌었으니."

제갈민은 혈뇌음사의 오만을 십분 이용했다.

준비하라고 시간을 주는데 그걸 활용하지 못하는 건 바보 같은 짓이었다.

물론 그럼에도 이쪽을 깨부술 자신이 있다는 뜻이겠지만 길고 짧은 건 대봐야 아는 법이었다.

국가 간의 전쟁과 달리 무림에서의 전쟁은 절대고수 한 명으로 승패가 갈린다고 하지만 그건 정말 압도적인 무위를 가진 자가 존재할 때나 가능한 방법이었다.

'열세인 건 맞지만 그 차이는 크지 않다.'

삼불은 분명히 강했다.

그러나 절대 쓰러뜨리지 못할 초월자는 결코 아니었다.

게다가 중원에는 무림을 수호하기 위해 목숨을 초개같이 버릴 영웅협객들이 있었다.

그 역시 필요하다면 언제라도 죽을 준비가 되어 있었다.

"여기 계셨군요."

"이 대협이로군."

"하하. 그냥 소협이라 불러 주십쇼. 대협이라는 호칭은 아직 이른 것 같습니다."

"이제는 적은 나이도 아니지 않나?"

"그래도 대협은 좀 그렇습니다."

이춘상이 머쓱한 얼굴로 뒷머리를 긁적였다.

넉살 좋은 그이지만 그래도 스스로의 주제를 모르지는 않았다.

"곧 개방의 방주가 될 사람인데 적응해야 하지 않겠나."

"아직 멀었습니다. 굳이 일찍 물려받고 싶은 생각도 없고요."

"귀찮은가?"

"역시 정확히 꿰뚫어 보시네요."

이춘상이 씨익 웃었다.

자유로운 영혼이라 불리는 이답게 이춘상은 개방주라는 직책에 욕심이 없었다.

후개이기에 언젠가는 방주직을 물려받아야 하겠지만 적어도 지금은 아니었다.

이왕이면 취선이 오래오래 방주직을 맡았으면 했다.

"나 역시 방주님께서 오랫동안 건강하시길 바라는 사람 중에 한 명이네. 하지만 세월을 이기는 장사는 없다네. 시간은 누구에게나 공평하지."

"사부님만은 비껴갈 줄 알았는데, 아니더라고요."

"그 대단하다는 천마조차도, 무당파의 장삼봉 조사조차도 피하지 못한 게 죽음일세. 우화등선했다는 말이 있지만 확인되지는 않았지. 선계에 갈 수 있는 건 신선뿐이니까."

"가주님께서는 가능하다고 생각합니까?"

"글쎄."

이춘상은 순수하게 궁금해서 물었다.

중원에서 가장 현명한 사람 중 한 명이라는 제갈민이 이에 대해서 어떻게 생각하고 있을지 정말로 궁금했다.

"역시 헛된 망상일 뿐일까요?"

"그렇다기보다는, 누구도 모른다는 게 정답이지 않을까 싶네만. 선각자가 기록이나 증거를 남겼다면 모르겠으나 현재까지 그런 건 없으니까. 하지만 또 반대로 말하면 그렇기에 가능성은 무궁무진하지 않겠나. 먼 옛날 무공이 체계화되기 전에는 검기나 검강을 꿈의 경지라고 생각했겠지. 그러니 언젠가는 우화등선도 실제로 일어나지 않겠나? 시간이 흘러감에 따라 무림은 발전하고 있으니.”

“그럴 수도 있겠군요.”

다른 이도 아닌 제갈민의 말이었기에 이춘상은 고개를 주억거렸다.

듣고 보니 확실히 그럴 수도 있다는 생각이 들어서였다.

지금 이 순간에도 무공은 느릴지라도 분명히 발전하고 있었다.

그러니 언젠가는 실제로 우화등선을 하는 무인이 나타날지도 몰랐다.

‘근데 왜 하성이가 떠오르는 거지?’

이춘상은 고개를 갸웃거렸다.

갑자기 친구인 유하성이 떠올라서였다.

“아, 그분들은 언제쯤 도착할 것 같은가?”

“적어도 이틀은 걸리지 않을까 예상합니다. 전력으로 달려오고 있지만 인원이 적지 않다 보니 시간이 걸리는 모양입니다.”

“적은 숫자는 아니지. 무작정 도착한다고 해서 끝이 아니고.”

제갈민이 이해한다는 듯이 고개를 끄덕였다.

서둘러 도착한다면 더할 나위 없이 좋겠으나 중요한 건 전투였다.

모든 힘을 이동에 쏟아붓고 전장에 도착한다면 의미가 없었다.

때문에 적당히 조절하면서 이동 중이었다.

"맞습니다. 문제는 그분들이 도착하기 전에 전투가 벌어지는 건데 시간을 끄는 것 정도라면 지금 전력으로도 충분하다고 생각합니다."

"당연하지. 중원무림의 힘이 집결했다고 해도 과언이 아니니까. 만약 혈뇌음사만 상대하는 것이었다면 지금보다 훨씬 쉬웠을 것이네."

하오문과 흑점, 귀단문은 중원 출신이었다.

그중 하오문은 특히 중원에서도 오랜 세월 동안 이어져 내려오던 곳이었기에 제갈민은 더더욱 신경 썼다.

밖에서 날아오는 화살보다 안쪽에서 파고드는 단검이 훨씬 더 위험하다는 걸 잘 알아서였다.

거기다 지난 전쟁 때 배신자로 인해 큰 피해를 입었었기에 제갈민은 내부 단속에도 신경 썼다.

"저도 그렇게 생각합니다."

"준비는 어떻게 되어 가나?"

"거리가 있기에 시간이 좀 걸립니다. 그러나 보고받기로는 계획대로 착착 진행 중이라고 합니다."

"역시 시간이 문제인가."

제갈민이 턱을 쓰다듬었다.

모든 문제가 다 시간으로 귀결되는 것 같아서였다.

게다가 준비할 건 이것만이 아니었다.

현재 그는 승리를 위해 많은 것들을 준비하고 있었다.

"다행스러운 점은 동원할 수 있는 인력이 많다는 점입니다. 대부분의 준비는 꼭 무인들이 아니어도 할 수 있으니까요."

"그것 또한 힘일세. 우리의 저력이기도 하고. 다만 언제까지 저들이 오만을 부릴지가 걱정이로군."

"전투 중에도 준비는 계속할 수 있으니 우리가 이득입니다."

"승부가 나지 않는다는 전제 조건이 필요하지만 말일세."

제갈민이 의미심장하게 웃었다.

그러나 걱정과 달리 제갈민의 표정에는 자신감이 서려 있었다.

할 수 있는 만큼 한다.

지금은 딱 이것만 생각하기로 했다.

폭풍 전의 고요처럼 사천당가와 당가타는 조용했다.

언제라도 전투가 벌어질 수 있다는 걸 알기에 모두가 잔뜩 긴장한 상태였다.

하지만 일촉즉발의 상황에서도 무인들은 수련하는 걸 멈추지 않았다.

전투에 방해가 되지 않는 선에서 스스로를 갈고닦았던 것이다.

"후우."

그중에는 유하성도 있었다.

전쟁이 아니었어도 수련에 매진했을 테지만 지금은 평소와 마음가짐이 많이 달랐다.

'냉정히 말해 피해가 없을 수는 없다.'

유하성은 현실을 직시했다.

절대고수라 할지라도 전쟁을 홀로 종식시키는 건 불가능했다.

전설처럼 회자되는 천마나 장삼봉 조사라고 해도 말이다.

그렇기에 유하성은 냉정하게 생각했다.

'죽음을 막을 수는 없으나 최소화할 수는 있다.'

전쟁이 벌어진 이상 누군가는 죽거나 다칠 수밖에 없었다.

그게 지인이나 친구, 혹은 가족일 수도 있었다.

때문에 유하성은 각오를 다졌다.

가족과 친구를 지키기 위해서 한 명이라도 더 적을 쓰러뜨리겠다고 말이다.

'생각 없이 싸우는 건 미련한 짓이다. 어떻게 싸울지를 생각해 둬야 해.'

전쟁을 앞뒀다고 갑자기 경지가 상승하는 일은 벌어지지 않았다.

또한 깨달음이라는 건 단순히 기다린다고 해서 찾아오지도 않았다.

그래서 유하성은 지금 당장 할 수 있는 것만 생각했다.

몸 상태를 언제나 최상으로 유지하고 적들에 대해서 알아보고, 기억해 두었다.

'강자들을 줄이면 좋지만 그게 뜻대로 되었다면 전쟁을 지금까지 하지 않았겠지.'

제갈민과 이춘상이 여러 가지 준비한다는 걸 유하성도 알았다.

그러나 모든 걸 두 사람에게 맡겨 둘 생각은 없었다.

무당파를 지키기 위해서라도 유하성은 최선을 다해 적들을 처치할 생각이었다.

'처음에는 이럴 생각이 없었는데.'

문득 유하성은 과거의 자신이 떠올랐다.

진무 태극권을 완성하고 십단금과 면장을 완벽하게 복원한 지 얼마 안 되어 사부인 명운이 죽었다.

그리고 그날 유하성의 분노가 정점에 달했다.

'무당파에 버림받았다고 생각했으니까.'

그때의 유하성은 젊었고, 치기 어렸었다.

때문에 울분을 토해 냈고, 한을 품었었다.

한데 지금은 달랐다.

세월을 이기는 장사 없다고 유하성의 가슴속에 자리 잡은 한이라는 녀석 역시 서서히 깎여 나갔다.

명천과 명덕을 비롯한 사백들의 진심 어린 사과와 용서를 구하는 모습에 조금씩 무뎌졌던 것이다.

물론 한이 쌓인 시간이 적지 않았기에 응어리는 여전히 남아 있었다.

그러나 중요한 건 그 응어리가 점차 작아진다는 점이었다.

"명자배나 무자배는 몰라도 원자배는 잘못한 게 없으니까."

미워하고 증오해도 결국 가족이었다.

유하성의 인생에서 무당파는 절대 빼놓을 수 없었다.

그 스스로가 그렇게 생각하기도 하고 죽은 명운이 그걸 바라지 않을 터였다.

뎅뎅뎅뎅!

오랜만에 사부를 떠올리는데 사방에서 일정한 규칙을 가진 경종 소리가 울려 퍼졌다.

적들이 움직였다는 경종 소리였다.

그 소리에 유하성은 자리에서 벌떡 일어나 방을 나섰다.

휘이익! 휘익!

그뿐만 아니라 근처 건물에서 수십 명의 사람들이 창문, 정문 할 거 없이 튀어나왔다.

유하성과 마찬가지로 경종 소리를 듣고 곧장 약속된 장소로 향하는 것이었다.

"왔는가."

"이제야 움직이는군요."

"하나 서두르지는 않아."

미리 약속된 장소에 도착하자 무율을 중심으로 무당파의 제자들이 모여 있었다.

각파가 맡기로 한 위치가 정해져 있었기에 혼란은 없었다.

대신 섬서성에서 전투를 치르고 사천성으로 온 이들이 웅성거렸다.

말로만 전해 들은 혈뇌음사의 제자를 처음으로 보게 되어서였다.

"그만큼 자신이 있다는 뜻이겠지요."

"사실 궁금하기는 해. 대체 얼마나 강한지."

무율이 평소와 달리 호승심을 드러냈다.

평소에는 명천과 유하성에게 가려진 감이 없지 않아 있었으나 무율 역시 무인이었다.

호승심이 없을 리 없었다.

다만 평소에는 자제하고 있을 뿐이었다.

"저도 궁금합니다."

"하지만 무리하지는 말게. 사제는 본 파의 미래라는 걸 알아야 해."

"소향이를 남겨 두고 죽을 생각은 없습니다."

"허허허."

무율이 빙긋 웃었다.

어떤 마음가짐인지 가슴에 확 와닿아서였다.

더불어 안심도 되었다.

이런 마음가짐이라면 절대 만용을 부리지 않을 것이었다.

파아아앗!

대화하는 사이에도 혈뇌음사와 하오문, 귀단문은 계속 이동하고 있었다.

서두르지는 않지만 확실하게 거리를 좁혔다.

특히 유하성의 시선을 끄는 건 혈뇌음사 제자들의 특이한 가사(袈裟)나 복색이 아닌 분위기였다.

침략자들을 앞에 두고 투지와 살기를 끌어올리는 백도무림 진영과 달리 혈뇌음사의 분위기는 차분했다.

수적으로 열세였음에도 긴장한 티가 전혀 없었다.

오히려 한번 싸우고 깨져 봤던 하오문과 귀단문이 잔뜩 긴장한 모습을 보였다.

"아미타불!"

그런 그들을 보며 각현이 우렁차게 불호를 중얼거렸다.

동시에 각현을 필두로 소림사의 나한승이 앞으로 뛰쳐나

갔다.

말했던 대로 백팔 명의 나한승들을 이끌고 혈뇌음사를 향해 달려들었던 것이다.

"공격해라!"

"우아아아!"

그게 시작이었다.

각파와 각 가문의 수장들이 일제히 공격 명령을 내렸다.

그런데 모두가 앞으로 뛰어나갈 때 활시위를 당기는 이들이 있었다.

바로 제갈세가와 사천당가의 무인들이었다.

쭈우욱!

한데 그들이 당기는 활은 흔히 볼 수 있는 활보다 훨씬 컸다.

웬만한 장정보다 더 길었던 것이다.

그래서 이인 일조로 활시위를 당겼다.

한 명은 활대를 두 손으로 단단히 붙잡았고, 다른 한 명은 길쭉한 화살을 먹인 다음 있는 힘껏 활시위를 잡아당겼다.

부르르르!

하지만 무인들은 잡아당기기만 하고 놓지 않았다.

아직 발사 명령이 내려지지 않아서였다.

그래서 화살촉이 있어야 할 자리에 정체를 알 수 없는 주머니를 단 화살이 허공을 조준하고서 미세하게 떨렸다.

"쏴라!"

백 명의 인원이 모두 다 준비를 끝마친 것을 확인한 제갈중이 드디어 발사 명령을 내렸다.

적은 인원이었으나 중요한 임무였던 만큼 책임자는 제갈세가의 부가주이자 제갈민의 동생인 제갈중이었다.

그는 혈뇌음사와 하오문, 귀단문이 일정 간격 안으로 들어오자 화살을 날렸다.

쌔애애액!

잔뜩 당겨진 화살이 섬뜩한 파공음을 토해 내며 허공으로 쏘아졌다.

보통 화살보다 몇 배나 긴 화살답게 무시무시한 기세로 뻗어 나갔던 것이다.

그게 적들의 눈에도 보였기에 처음에는 살짝 긴장한 모습을 보였으나 이내 다들 비웃음을 머금었다.

기세등등하게 날아온 화살이 그들의 머리 위를 지나가서였다.

"멍청한 것들."

"크하하하!"

근처에 떨어지는 것도 아니고 한참 높은 곳에서 스쳐 지나가는 오십 개의 화살에 하오문도들과 귀단문도들이 박장대소했다.

기세 좋게 날린 화살들이 모조리 실패해서였다.

동시에 백도무림의 기를 죽이기 위해 더욱 요란하게 웃었다.

그러나 하오문과 귀단문의 조롱에도 백도무림의 분위기는 흔들리지 않았다.

'뭐지?'

모두가 비웃음을 터트릴 때 하오문주는 미간을 좁혔다.

그녀가 아는 제갈민은 결코 멍청한 이가 아니었다.

또한 실수를 경멸하다 못해 혐오하는 인물이었다.

한데 그런 이가 이런 실수를 했다는 건 말이 안 됐다.

'게다가 실수를 한 분위기가 아냐.'

하오문주의 두 눈이 날카롭게 빛났다.

그녀의 직감이 방금 전의 화살 공격이 실수가 아니라고 말하고 있었다.

그리고 실패했다면 다시 화살을 날렸을 텐데 그런 기미는 전혀 보이지 않았다.

'왜지? 왜 화살을 아무도 없는 곳에 쏜 거지?'

하오문주의 머리에 의문이 계속해서 솟구쳤다.

그런데 그때 그녀의 귓가로 헛구역질 소리가 들려왔다.

"우욱!"

"우웨액!"

제101장 중원의 저력

"왜, 왜 이러지? 왜 하늘이 빙빙 도는……."

대부분이 헛구역질을 하며 바닥에 주저앉았지만 다른 반응을 보이는 이들도 있었다.

몇몇이 중심을 잡지 못하고 비틀거렸던 것이다.

뿌직! 뿌지직!

심지어 보지 않아도, 소리만 들어도 어떤 상황인지 알 수 있는 소리가 들려왔다.

동시에 몇 명이 빠르게 사방팔방으로 흩어졌다.

하나같이 한 손으로 엉덩이를 붙잡고서 말이다.

'당했다!'

거기까지 본 순간 하오문주는 벼락을 맞은 것처럼 몸을 떨었다.

방금 전의 화살 공격이 어떤 목적을 가지고 날아왔는지 뒤늦게 깨달은 것이었다.

쌔애애액!

그때 또다시 화살이 날아왔다.

방금 전과 마찬가지로 한참이나 높은 곳에서 그녀의 머리 위를 지나쳤다.

하지만 그 모습에 하오문주는 비명을 지르듯 소리쳤다.

"흩어져라!"

"예?"

"흩어져야 해! 여기 있으면 당한다!"

하오문주는 이를 악물었다.

일부러 화공을 대비해 방향을 이쪽으로 잡았다.

바람이 등지고서 진군했는데 제갈민은 그조차도 이용했다.

화살을 아예 멀리 날려 보내는 것으로 말이다.

"예!"

"흩어져라!"

하오문주의 지시에 심복들이 목이 찢어져라 소리쳤다.

그러나 이미 화살은 땅에 닿았고, 매달려 있던 면 주머니는 터진 상태였다.

그리고 그 안에 담긴 건 바람을 타고 순식간에 하오문과 귀단문, 혈뇌음사를 덮쳤다.

"으르륵!"

털썩!

처음에 날린 화살에는 구토와 설사를 유발하는 가루가 가득 담겨 있었다.

그것도 가장 효과가 좋은 녀석들로 말이다.

사천당가와 싸워야 했기에 하오문은 진즉에 피독주를 준비했으나 안타깝게도 두 종류의 가루는 독이 아니었다.

때문에 피독주가 아무런 힘을 쓰지 못했다.

부르르르!

하지만 두 번째 화살에는 진짜 독이 담겨 있었다.

심지어 맹독이 말이다.

피독주가 있다고 하나 모든 독에 효능을 지닌 건 아니었다.

또한 엄연히 한계가 있었다.

"쿨럭!"

"끄으윽!"

그렇기에 곳곳에서 검은 피를 토해 내며 쓰러졌다.

피독주로 인해 즉사는 면했으나 그조차도 얼마 가지 못했다.

워낙에 맹독이었기에 금세 한 줌의 독수로 화했다.

"제기랄!"

그 모습에 하오문주가 뒤늦게 방향을 틀었으나 이미 독은 퍼질 대로 퍼진 상태였다.

얼마나 많은 독을 사용했는지 순식간에 허물어지며 독수로 화하는 수하들의 모습에 하오문주가 얼굴을 흉신악살처럼 일그러뜨리며 욕지거리를 내뱉었다.

하지만 그런다고 죽은 부하들이 살아 돌아오지는 않았다.

꽈아앙!

하오문이 아무것도 못하고 속수무책으로 당할 때 소림사와 혈뇌음사가 충돌했다.

그것을 시작으로 본격적인 전투가 시작됐다.

'귀단문부터 줄인다.'

전투가 시작되기 전부터 유하성은 결정을 내린 상태였다.

혈뇌음사가 막강한 전력을 가지고 있다지만 가장 큰 변수는 누가 뭐래도 귀단문이었다.

폭정단과 폭혈단, 거기에 뿔피리까지 귀단문은 전장에서 변수를 일으킬 만한 물건을 잔뜩 가지고 있었다.

'장문사형께서도 허락하셨으니.'

물론 독자적인 판단은 아니었다.

진즉에 무율에게 허락을 받았다.

정확하게는 그의 결정을 존중해 주었다.

무당파의 장로들과 협공하는 것도 한 가지 방법이었으나 무율은 유하성에게 재량권을 주었다.

"너, 너는!"

유하성을 발견한 귀단문도 한 명이 대경실색했다.

악명과 달리 귀단문도라고 해서 전부 다 괴물 같은 힘을 지닌 건 아니었다.

그렇기에 유하성과 눈이 마주친 귀단문도는 아연한 표정으로 주변을 두리번거렸다.

혼자 상대해 봤자 필패라는 걸 알기에 동료를 찾는 것이었다.

우득!

그러나 유하성의 손이 더 빨랐다.

귀단문도가 주위를 두리번거리는 사이 유하성은 미끄러지듯이 접근해서는 목을 분질러 버렸다.

그런 유하성의 움직임에는 일말의 망설임도, 동정도 없었다.

이 한 명을 죽임으로써 어쩌면 무당파의 제자 한 명을 살릴 수도 있기에 유하성은 무자비하게 두 손을 움직였다.

"이놈!"

물론 그건 얼마 가지 않았다.

귀단문에게 유하성은 요주의 인물이었고, 그 말은 그를 몰라보는 이가 없다는 뜻이었다.

또 귀단문의 입장에서는 반드시 죽여야 할 인물이 유하성이었다.

쌔애액!

그래서인지 유하성을 향해 내지르는 손에는 시뻘건 조강(爪罡)이 불꽃처럼 활활 불타오르고 있었다.

한데 귀단문을 죽여야 하는 건 유하성도 마찬가지였다.

콰득!

유하성은 목울대를 노리고서 파고드는 귀단문도의 공격을 몸만 살짝 비틀어 피해 냈다.

그러고는 번개같이 왼팔을 움직여 귀단문의 손목을 붙잡고는 꺾어 버렸다.

"끄아아악!"

순식간에 손목이 꺾일 수 없는 각도로 꺾이자 귀단문도가 비명을 질렀다.

평소에는 겪어 보지 못한 고통이 엄습하자 입에서 신음이 절로 나왔던 것이다.

하지만 유하성은 거기서 그치지 않았다.

아직까지 유지되는 귀단문도의 조강을 십분 활용했다.

푸푸푹!

주변에 있던 귀단문도들을 향해 휘둘렀던 것이다.

그로 인해 무당파의 제자를 공격하던 다른 귀단문도가 날

벼락을 맞았다.

갑자기 쇄도한 조강이 등을 꿰뚫어서였다.

"감사합니다, 사숙!"

"그래."

원경만큼은 아니지만 그래도 도명과 이름을 알고 있는 일
대제자의 감사 인사에 유하성은 대답만 해 주었다.

한가롭게 말을 주고받을 상황이 아니어서였다.

"호, 혼자 가지는 않을 것이다!"

손목이 기괴하게 꺾인 귀단문도가 누런 이를 드러내며 으
르렁거렸다.

그런데 폭혈단을 먹은 것도 아닌데 귀단문도의 얼굴이 울
긋불긋하게 변하더니 혈관이 꿈틀거렸다.

시간이 흐른 만큼 귀단문도 발전한 것이었다.

환약을 품속에 가지고 다니지 않고 살수들의 독단처럼 이
빨 하나를 뽑아내서는 그 안에 폭혈단을 넣어 놓고 필요할
때 사용하는 듯했다.

"그래. 함께 가."

하나 유하성은 그런 모습에도 당황하지 않았다.

이미 수도 없이 겪어 보기도 했거니와 오히려 이런 상황이
오기를 기다렸다.

푸푸푹!

"어?"

여전히 한쪽 팔이 붙잡혀 있었기에 귀단문도는 속수무책으로 점혈을 당했다.

그러고는 순식간에 허공을 날았다.

유하성이 다른 귀단문도들이 모여 있는 곳으로 냅다 던져서였다.

퍼어어엉!

인간 폭탄이 위험한 건 백도무림만이 아니었다.

폭사는 귀단문도들에게도 똑같이 위험했다.

게다가 갑작스러운 폭발은 구축한 진형을 어지럽게 만들기에 충분했다.

폭발로 죽거나 부상을 당하면 아주 좋고, 그렇지 않더라도 일단 전선을 비틀 수 있기에 유하성에게는 어느 쪽도 손해가 아니었다.

'굳이 내 힘을 쓸 필요는 없다.'

모든 무인이 그렇겠지만 유하성 역시 쓸 수 있는 공력은 한정적이었다.

이소향 덕분에 크다면 큰 깨달음을 얻었으나 안타깝게도 그 방법은 운기행공을 할 때나 사용할 수 있었다.

아직은 전투 중에 사용할 수 있을 정도로 숙련도가 높지 않았다.

그러나 꼭 자신의 공력으로만 싸울 필요는 없었다.

스으윽.

이화접목이라는 말처럼 유하성은 유려한 움직임으로 달려 드는 적의 공격을 비틀어 동료를 공격하게 만들었다.

혼자서 움직이려고 한 이유 중에 하나가 바로 이것이었다.

홀로 적진에 있다면 대부분의 사람들은 포위당했다고 생 각할 것이었다.

하지만 유하성은 다르게 생각했다.

"커헉!"

"윽!"

포위당한 걸 다른 관점으로 바라봤던 것이다.

사방이 적이라면 반대로 어디를 공격하든 상관없다는 뜻 이었다.

모두가 적이니 어떻게 공격하든, 어떤 방법을 쓰든 아무런 상관이 없었다.

거기에 적의 힘을 이용해 또 다른 적을 해치운다면 이것보 다 더 효율적인 건 없었다.

"뭐 하는 거야!"

"제대로 하라고!"

"나라고 이러고 싶은 게 아냐!"

그뿐만 아니라 유하성의 방법은 분열도 일으킬 수 있었다.

물론 이게 말처럼 쉬운 일은 아니었다.

날아오는 강기들의 궤적을 비틀기도 어려운데 그것을 원 하는 방향과 장소로 이동하게 해야 했다.

내공을 아낄 수 있을지는 몰라도 대신 체력과 심력이 어마 어마하게 소모됐다.

'그러나 해야 한다. 그리고 나는 할 수 있다.'

거기다 신경 쓸 건 이것만이 아니었다.

자신을 중심으로 사방의 형세를 시시각각 파악해야 했다.

즉 주변의 모든 흐름을 알아야지만 쓸 수 있는 방법이었다.

푸욱! 푹!

처음이었기에 실수도 있었지만 유하성은 빠르게 적응했다.

머릿속으로 수도 없이 연습하기도 했거니와 기본적으로 유하성은 누구보다 몸을 잘 썼다.

거기다 임기응변도 뛰어난 편이었기에 유하성은 실수를 점차 줄여 나가며 귀단문도들의 몸에 상처를 입혔다.

"젠장!"

"니미럴!"

아무리 공격해도 유하성의 몸에 상처가 생기기는커녕 오히려 동료들만 당하자 귀단문도들이 욕설과 함께 일제히 물러났다.

진퇴양난에 빠진 것이었다.

공격하면 공격할수록 되레 동료들이 위험해지자 귀단문도들은 공격하는 걸 멈췄다.

하지만 그렇게 하면 유하성을 쓰러뜨릴 수가 없었다.

파아앗!

아니, 오히려 유하성에게 기회를 주었다.

틈이 만들어진 만큼 유하성은 마음대로 날뛸 수 있었던 것이다.

거기다 동료들에게 피해를 주지 않기 위해 귀단문도들은 일렬로 나란히 섰는데 그 말은 포위망이 풀렸다는 뜻이었다.

더불어 네댓 명을 상대하던 것에서 한두 명을 상대하는 꼴이 되었다는 얘기이기도 했다.

빠각!

그 기회를 유하성은 놓치지 않았다.

활짝 열린 공간을 마음껏 노니면서 귀단문도들을 도륙했다.

특유의 일격일살로 깔끔하게 귀단문도들을 학살했던 것이다.

"이익!"

"이대로는 답이 없어!"

"다시 공격해!"

이도 저도 아닌 상황에 우왕좌왕하던 귀단문도들은 결국 이를 악물고 다시 달려들었다.

어느 쪽도 우세를 점할 수 없다면 가장 자신 있고 잘하는 방법으로 싸울 수밖에 없었다.

그리고 아예 방법이 없는 건 아니었다.

다만 최후의 방법이었기에 마지막의 마지막까지 아껴 두었을 뿐이었다.

"아버지의 원수!"

"같이 가자!"

어느 누구도 죽는 걸 원하지 않았다.

그러나 때로는 거리낌 없이 스스로의 목숨을 내던지기도 했다.

바로 복수를 할 때였다.

이대로는 답이 없다고 여긴 몇몇 귀단문도들은 일제히 몸을 날리며 어금니에 박아 두었던 폭혈단을 즉각 씹어 삼켰다.

투웅!

하지만 그마저도 유하성은 대비하고 있었다.

섬서성에서 한번 제대로 곤욕을 치른 바가 있기에 유하성은 폭사의 징조가 보이자마자 땅을 박찼다.

"도망치게 내버려둘까 보냐!"

"네놈은 우리와 함께 가는 거다!"

그러나 귀단문도들은 그걸 가만히 지켜보지 않았다.

오히려 반색했다.

허공에서는 아무래도 움직임이 자유롭지 못해서였다.

게다가 다른 동료들에게도 피해를 안 줄 수 있기에 귀단문

도들은 살기 가득한 얼굴로 똑같이 땅을 박차 허공으로 솟구
쳤다.

"그건 네놈들 생각이고."

"어?!"

다만 귀단문도들이 한 가지 착각한 게 있었다.

유하성은 그들과 똑같지 않았다.

허공이라고 해서 이동에 제한받지 않았다.

저벅저벅.

마치 허공을 걷듯이 유하성이 직각으로 방향을 틀어 이동
했다.

지상과 다름없이 미끄러지듯이 움직이며 순식간에 귀단문
도들의 포위망에서 빠져나갔던 것이다.

퍼어엉! 퍼엉!

그 모습에 귀단문도들이 닭 쫓던 개처럼 망연자실한 표정
을 지었다.

하지만 그것 말고는 그들이 할 수 있는 건 없었다.

"허, 허공답보!"

"패왕이 벌써 저 경지에 이르렀다고?"

유유히 허공을 노니는 유하성의 모습에 주변에 있던 귀단
문도들과 하오문도들이 입을 쩍 벌렸다.

유하성이 강하다는 건 모두가 알았다.

그러나 허공답보는 다른 얘기였다.

천하를 호령하는 고수라고 할지라도 허공답보를 펼치는
건 다른 문제였다.

허공답보는 단순히 무공이 뛰어나다고 해서 펼칠 수 있는
게 아니었다.

경공이 극에 달해야 펼칠 수 있는 게 허공답보였다.

"아무래도 노부가 나서야 하겠군."

우우웅!

늙수그레한 목소리와 함께 핏빛 손바닥이 허공에 솟구쳤
다.

서장 포달랍궁의 밀종대수인을 닮았으나 정순한 느낌보다
는 사이한 기운이 가득한 대수인이었다.

웬만한 장정도 움켜잡을 수 있을 정도로 거대한 핏빛 대수
인은 순식간에 유하성의 머리 위까지 올랐다.

그러고는 찍어 누르려는 듯이 매섭게 하강했다.

"흥."

의도가 훤히 보이는 일격에 유하성은 코웃음을 치며 다시
바닥으로 내려왔다.

적들에게 심적으로 압박감을 줄 수 있는 게 허공답보였으
나 내공 소모가 상당했다.

바람을 타는 방식으로 펼쳤음에도 꽤 많은 내공이 소모되
었기에 유하성은 자연스럽게 하강하며 대수인을 펼친 노승
을 바라봤다.

"노부는 혈뇌음사의 십이대승(十二大僧) 중 한 명인 적승(寂僧)이다. 네놈을 저승으로 인도할 사람이지."

눈가에 주름이 자글자글한 노승이 얼굴 가득 인자한 미소를 머금었다.

대자대비한 고승처럼 말이다.

그러나 얼굴과 달리 적승의 전신에서 흘러나오는 살기는 너무나 짙었다.

보통 사람은 살기만으로 질식해 죽을 정도로 말이다.

"지금까지 많은 이들을 죽인 것처럼 보이기는 하는군."

"거기에 네놈이 추가될 것이다."

"글쎄. 그 반대가 될 수도 있겠지."

당연하다는 듯이 자신만만하게 말하는 적승을 향해 유하성이 씨익 웃었다.

특유의 역도발을 한 것이었다.

그런데 그게 제대로 먹혔는지 인자한 미소가 삽시간에 사라지고 두 눈에서 살기가 줄기줄기 흘러나왔다.

동시에 거대한 대수인이 무려 두 개나 솟구쳐 유하성에게 쇄도했다.

콰앙! 쾅!

거대한 대수인은 단순히 크기만 크지 않았다.

클 뿐만 아니라 전광석화처럼 빠르기까지 했다.

거기다 적승은 유하성이 허공답보를 펼칠 것까지 계산하

고 견제했다.

허공답보는 분명 놀라운 경지이지만 실질적인 파괴력은 없었다.

움직임이 좀 더 자유로워질 뿐이지 적승에 해를 끼치지는 못했다.

하지만 상대하기 까다롭게 만드는 건 사실이었기에 적승은 두 개의 대수인을 조종하면서 유하성에게 달려들었다.

"단숨에 짓뭉개 주마!"

순식간에 포위된 형국이 된 유하성의 모습에 적승이 비릿하게 웃었다.

어디에도 피할 곳은 없었다.

피한다고 하더라도 끝까지 따라갈 작정이었다.

반격한다면 그 또한 나쁘지 않았다.

'그래 봤자 할 수 있는 건 좌절하고 절망하는 것뿐이니까!'

상대가 유하성이었으나 적승은 자신이 있었다.

삼불을 제외하면 혈뇌음사에서 가장 강한 존재가 십이대승이었다.

그에 비하면 유하성은 천하십대고수에 꼽힐까 말까 한 무인이었다.

때문에 적승은 당연히 유하성이 자신의 적수가 안 될 거라고 생각했다.

쩌저저적!

충돌하기 직전까지는.

하지만 유하성의 주먹과 대수인이 충돌한 순간 적승은 깨달았다.

유하성이 어째서 패왕이라 불리는지, 패왕의 신화가 왜 중원무림을 진동시키는지 말이다.

"큭!"

격돌하기 무섭게 수십, 수백 개로 조각나는 대수인의 모습에 적승이 황급히 나머지 대수인을 움직였다.

정직하다고 할 수 있을 정도로 훤히 보이게 정권을 찔러넣고 있었기에 적승은 다급하게 대수인으로 막았다.

그러고는 본능적으로 거리를 벌렸다.

무투가인 유하성과 거리를 좁혀서는 승산이 없다고 생각해서였다.

빠직!

적승의 예상대로 두 번째 대수인 역시 유하성의 일권에 버티지 못하고 산산조각 났다.

그러나 그는 당황하지 않았다.

어느 정도 예상했기에 충격 역시 적었던 것이다.

대신 그는 빠르게 대응책을 생각해 냈다.

'내가 유리한 방식으로 싸워야 한다.'

결론은 간단했다.

자신에게는 유리한 방법을, 상대에게는 불리한 방법을 사용하는 건 싸움의 기본이었다.

상대보다 압도적으로 강하다면 굳이 이런 걸 생각할 필요 없이 그냥 힘으로 찍어 누르면 되지만 그게 안 된다면 최대한 자신에게 유리한 방법을 택해야 했다.

웅웅웅!

적승 역시 서장에서 알아주는 고수이고 몸을 단련했으나 세월을 피할 수는 없었다.

반면에 유하성은 한창 전성기를 구가할 나이대였다.

그렇기에 적승은 무투가임에도 거리를 벌렸다.

근접전으로는 자신이 없기에 적승은 적당히 거리를 벌린 후 싸울 생각이었다.

째애액!

처음 보여 주었던 대수인에 비하면 초라해 보일 정도로 작은 대수인이 허공에 떠올랐다.

기껏해야 삼 척 남짓한 대수인이 허공에 생성되었던 것이다.

하지만 그럼에도 여느 장강보다는 컸다.

게다가 이번에 생성한 대수인은 두 개가 아니었다.

우우우웅!

두 개를 시작으로 대수인이 끊임없이 생성되었다.

적승이 본인의 방대한 내력을 십분 활용한 것이었다.

'시간은 모두에게 공평한 법이지!'

쉴 새 없이 대수인을 쏘아 대며 적승이 입술을 비틀었다.

중원에서 패왕이라 불릴 정도로 강자인 만큼 유하성이 축적한 내공도 상당할 터였다.

그러나 나이를 생각하면 한계가 있을 수밖에 없었다.

반면에 그는 겉보기와 달리 살아온 세월만 구십 년이 넘었다.

'단숨에 죽이나 말려서 죽이나 차이는 없다. 죽이는 건 똑같으니까.'

시원스럽게 죽이지 못한 건 아쉬웠으나 어쨌거나 중요한 건 죽이느냐, 못 죽이느냐였다.

그렇기에 적승은 좋은 게 좋은 거라고 생각했다.

뻐어어엉!

한데 그때 심상치 않은 폭음이 들려왔다.

유하성이 서 있는 자리에서 굉음과 함께 박살 난 강기의 편린들이 사방팔방으로 흩어졌던 것이다.

동시에 상당한 충격이 내부를 뒤흔들었다.

대수인이 파괴되면서 그 반동이 육신을 뒤흔든 것이었다.

쉬이익!

그리고 산산조각 난 대수인의 사이로 유하성이 모습을 드러냈다.

양팔에 옅은 푸른빛이 감도는 강기를 휘감고서 그의 대수인을 처참하게 깨부수며 돌진해 왔다.

"흐읍!"

그 모습에 적승이 두 눈을 크게 뜨며 단전의 내공을 가일층 끌어올렸다.

어째서 유하성이 달려드는지 모르지 않아서였다.

그래서 그는 유하성이 더는 가까이 다가오지 못하게 대수인을 쏟아 냈다.

단순한 대수인이 아니라 압축되고 압축된, 강환에 가까운 대수인을 말이다.

콰콰콰콰쾅!

그런 대수인 수십 개가 전부 다 유하성에게 쏟아졌다.

유하성의 돌격을 막아 내겠다는 듯이 쉴 새 없이 쏟아졌던 것이다.

하지만 적승은 그래서 눈치채지 못했다.

등 뒤로 돌아오는 은밀한 경력을 말이다.

퍼억!

유하성이 뿌린 한 줄기 격공장은 크게 돌아 적승의 등에 작렬했다.

물론 적승도 평범한 고수가 아니기에 은밀히 파고드는 경력을 느끼고 부랴부랴 호신강기를 일으켰으나 가까스로 직격만 면했을 뿐 완벽하게 막아 내지는 못했다.

스으윽!

그로 인해 생긴 틈을 유하성은 놓치지 않았다.

적승이 비틀거린 순간 유하성의 신형이 섬광처럼 번쩍이며 순식간에 면전에 도달했다.

그리고 그의 주먹이 적승의 팔뚝에 작렬했다.

원래는 안면을 노렸으나 적승이 균형을 잃은 상태에서도 가까스로 팔뚝을 교차해서 방어해 냈다.

뻐어어엉!

하지만 두 팔을 교차하며 호신강기를 극성으로 일으켰음에도 불구하고 적승의 신형은 볼썽사납게 바닥을 나뒹굴었다.

그 정도로 유하성의 일격이 어마어마했던 것이다.

극성으로 일으킨 호신강기는 물론이고 교차해서 막은 팔뚝이 부러지자 적승은 입을 쩍 벌렸다.

엄청난 고통에 신음도 나오지 않는 것이었다.

퍼석!

그러나 그의 고통은 거기서 끝나지 않았다.

반대쪽 주먹이 적승의 머리를 강타했고, 그 결과 머리가 서과(西瓜 : 수박)처럼 터지며 즉사했다.

삼불을 제외하면 혈뇌음사에서 가장 강하다던 십이대승 중 한 명을 유하성이 쓰러뜨린 것이었다.

털썩!

머리 잃은 육신이 힘없이 바닥으로 쓰러졌다.

하지만 유하성의 시선은 적승의 사체에 향하지 않았다.

서장을 호령하던 고수라지만 유하성에게는 그저 쓰러뜨려야 할 한 명의 적에 불과했다.

'독이 제대로 먹혔군.'

유하성의 시선이 후방으로 향했다.

아무래도 혈뇌음사나 귀단문에 비하면 상대적으로 전력이 약한 게 하오문이었다.

그렇기에 주로 후방에 있었는데 그걸 제갈민은 귀신같이 예측해서 독공(毒攻)을 펼쳤다.

그것도 생각지도 못한 구토약과 설사약을 사용해서 말이다.

엄밀히 말하면 약에 가깝지 독은 아니었으나 중요한 건 효과가 제대로 나타났다는 것이었다.

특히 유하성은 하오문이 악착같이 준비했을 피독주를 무용지물로 만들었다는 점에 감탄했다.

'구토약과 설사약을 그렇게 사용할 줄은.'

생각하면 생각할수록 유하성은 실소를 흘렸다.

골 때리는 방법에 헛웃음이 나왔던 것이다.

하지만 그로 인해 얻은 결과물은 놀라웠다.

생리 현상은 제아무리 무인이라도 완벽하게 통제하는 게 불가능했다.

'이제 남은 건 혈뇌음사인가.'

유하성의 시선이 혈뇌음사 쪽으로 향했다.

방문좌도라는 말로도 표현하기 힘들 정도로 혈뇌음사의 혈승들이 펼치는 무공은 괴이했다.

그래서 더 상대하는 데 애를 먹고 있었다.

그중 특히 유하성의 시선을 끄는 건 삼불이라 불리는 세 명의 노승들이었다.

꽈과과광!

특히 혈뇌음사의 수장이라 할 수 있는 혈불의 무위가 대단했다.

열두 제자들과 함께 각현과 백팔나한진을 상대하고 있었는데 조금도 밀리지 않았다.

오히려 간간이 치명적인 공격을 펼치는 모습에 유하성은 살짝 질린 표정을 지었다.

'지금 할 수 있는 걸 한다.'

유하성은 이내 시선을 돌렸다.

감탄만 하고 있을 시간이 없었다.

이기기 위해서는, 승산을 조금이라도 높이기 위해서는 적들의 숫자를 최대한 줄여야 했다.

그걸 위해 모두가 고군분투하고 있었기에 유하성은 이내 혈뇌음사의 혈승들을 향해 달려들며 두 손을 유려하게 움직였다.

"벌써 전투가 시작된 모양이구나."

"저희가 조금 늦은 모양이에요, 사부님."

"늦진 않았어. 오히려 빨리 온 편이지. 다만 적들이 우리를 기다려 주지 않았을 뿐."

멀리서 들려오는 폭음과 굉음에 심홍의 얼굴에 걱정이 서렸다.

혈뇌음사의 악명에 대해서는 그녀도 익히 알고 있어서였다.

서장의 패자는 누가 뭐래도 포달랍궁이었다.

그러나 그 포달랍궁조차도 혈뇌음사를 지우지 못했다.

"늦지 않았으면 좋겠습니다."

심홍과 나지연을 향해 해남파의 문주도 입을 열었다.

여기까지 열심히 달려왔는데 만약 백도무림이 패배했다면 그것만큼 난감한 일도 없었다.

어쩌면 도착과 동시에 절체절명의 위기에 맞닥뜨리게 될지도 몰랐기에 백염백미의 문주는 사뭇 긴장한 어조로 말했다.

"늦지 않았을 거라고 생각해요. 결집한 백도무림의 힘은 결코 약하지 않으니까요. 섬서성에서의 전투도 이겨 내지 않았습니까. 승리한 지원군까지 합류했으니 쉽게 밀리지는 않을 거예요."

"부디 그랬으면 좋겠습니다."

머나먼 남해에서 여기까지 달려온 해남파였다.

그것도 정예 병력을 모두 이끌고 왔기에 문주는 이 노력이
헛되지 않기를 빌었다.

더불어 중원무림의 위기도 무사히 걷어 냈으면 싶었다.

"다 왔어요!"

사부인 심홍과 함께 선두에서 달리던 나지연이 언덕 위로
올라갔다.

그러자 전장이 한눈에 내려다보였다.

성도 근처에서 격돌하는 어마어마한 규모의 전장이 말이
다.

번천회와의 대회전 때가 떠오르는 규모였으나 나지연은
감탄보다는 전황을 살폈다.

"아무래도 서둘러 합류해야 할 것 같아요."

"제가 보기에도 그렇소이다."

심홍과 해남파 문주의 얼굴이 딱딱하게 굳어졌다.

숫자는 백도무림 쪽이 더 많았으나 밀어붙이는 쪽은 하오
문, 귀단문, 혈뇌음사 연합 쪽이었다.

가까스로 전선을 유지하고 있으나 언제 사분오열되어도
이상하지 않은 광경에 심홍은 땅을 박찼다.

그러자 나지연을 위시로 보타문의 비구니들이 일제히 언

덕 아래로 몸을 날렸다.

"우리도 간다!"

심홍이 움직이는 걸 본 해남파의 문주도 지시를 내렸다.

열세이기는 하나 그 차이는 그리 크지 않았다.

그렇다는 말은 보타문과 해남파의 합류로 지금의 상황을 뒤집을 수도 있다는 뜻이었다.

'저 셋. 저 세 명이 가장 위험하다. 아마도 저자들이 삼불 이겠지.'

해남파 문주의 두 눈이 서늘하게 빛났다.

천하십대고수에 꼽히지는 않으나 그 역시 오랜 세월 무림에서 잔뼈가 굵은 무인이었다.

또한 남해를 호령하는 검객이기도 했다.

하지만 그는 들끓는 호승심을 억눌렀다.

'중원을 지키는 게 먼저다.'

대대로 검후라 불리는 보타문주에 비하면 냉정하게 말해 부족한 게 사실이었다.

그러나 해남파의 문주 역시 대대로 남해제일검이라 불렸었다.

적어도 남해에서는 최강의 검객이 그였다.

하지만 그는 자신의 명성과 호승심보다 대의를 생각했다.

'이 전쟁을 여기서 끝낸다!'

더욱이 지금의 전쟁은 과거 번천회를 확실하게 멸절하지

武當霸王
무당패왕

못했기에 일어난 것이나 마찬가지였다.

그렇기에 그는 더더욱 이번에, 이 자리에서 전쟁을 끝내고 싶었다.

후대를 위해서라도 말이다.

"저, 적이다! 적의 지원군이 나타났다!"

보타문과 해남파를 발견한 건 놀랍게도 같은 편이 아닌 적들이었다.

특히 하오문도들이 가장 먼저 알아차렸다.

태생적으로 주변을 살펴볼 수밖에 없기에 하오문도들은 남쪽에서 나타난 일단의 무리를 보고는 곳곳에 소식을 알렸다.

"해, 해남파다!"

"보타문도 있어!"

깃발 같은 표식도 없었으나 하오문도들은 귀신같이 두 문파를 알아봤다.

해남파의 문주와 심홍의 얼굴을 기본적으로 알고 있어서였다.

게다가 몇몇은 대회전 때 두 사람을 직접 봤기에 하오문도들은 대경실색하며 우왕좌왕했다.

서걱!

그런 이들을 심홍과 나지연은 무자비하게 베어 넘겼다.

지원군인 그들이 해야 할 일은 바로 판을 뒤흔드는 것이었다.

그래야 열세를 뒤집거나 균형을 맞출 수 있었다.

'어디 있지?'

심홍과 함께 전장을 가로지르며 나지연은 주변을 훑었다.

매의 눈으로 한 사람을 찾았던 것이다.

이윽고 그녀의 눈에 멀리서 혈뇌음사의 혈승들을 도륙하
는 한 명의 사내가 잡혔다.

한 명 한 명이 최정예답게 혈뇌음사의 혈승들은 강했는데
그토록 막강한 혈승들을 유하성은 어린아이 다루듯이 너무
나 손쉽게 쓰러뜨렸다.

'역시 유 공자님.'

그 모습에 나지연의 두 눈이 초롱초롱하게 빛났다.

여전히 무지막지한 무위를 보여 주고 있어서였다.

특히 물 흐르듯이 이어지는 연계 공격은 언제 봐도 감탄이
나올 정도로 아름다웠다.

하지만 그건 무인으로서의 생각이었지 여인으로서 유하성
을 좋아하는 건 아니었다.

"문제는 저들이로구나."

"아, 네!"

"유 공자를 보고 있었니?"

"아무래도 친분이 있으니까요. 넘고 싶은 목표이기도 하
고."

가장 선두에서 검을 휘두르면서도 보타문의 여승들을 지휘하던 심홍이 피식 웃었다.

참 한결같다는 생각이 들어서였다.

정작 유하성은 나지연을 호적수로 생각하지 않는 듯했지만.

그러나 목표가 있는 건 삶에 있어서도, 검객으로서도 중요했다.

"유 공자와의 해후는 일단 이긴 다음에 하자꾸나. 지금은 승리하는 게 먼저야."

"물론이죠. 지금은 전쟁에 집중할 생각이에요."

"뒤를 부탁한다."

"저곳에 가시게요?"

"응. 암만 봐도 위태위태해."

나지연의 시선이 주변을 초토화시키고 있는 곳으로 향했다.

두 세력이 가장 격렬하게 충돌하고 있는 중앙이었는데 의외로 그곳에는 사람이 없었다.

아니, 오히려 어떻게든 피해 가려 했다.

자칫 잘못해서 휘말리면 육신이 갈려 나갔기에 웬만한 무인들도 다가가려 하지 않았다.

"저한텐 잘 안 보여요."

"아는 만큼 보이는 법이니까."

"너무하세요."

"사실인 걸 어떡하니? 그러니 잘 이끌고 있어."

"최선을 다할게요. 그리고 조심하세요, 사부님."

나지연은 입술을 삐죽 내밀면서도 심홍을 챙겼다.

얄미운 건 사실이지만 틀린 말은 아니었다.

"아직 네게 가르칠 게 많아서 죽고 싶어도 죽을 수가 없단다."

"치잇!"

"너야말로 조심해. 귀단문에서 요상한 뿔피리를 사용한다고 하니까. 제자들에게 주지시켰지만 그래도 막상 상황이 닥치면 또 몰라. 그러니 미리 대비하고 있어야 해."

"알겠어요."

간다고 하면서도 끝까지 잔소리하는 심홍의 모습에 나지연의 입술이 점점 더 튀어나왔다.

그런데 심홍에게는 그게 보이지 않는 듯했다.

"갑시다."

"네."

그때 나지연에게 구원자가 나타났다.

해남파의 문주가 대제자에게 뒤를 맡기고 심홍에게 다가왔던 것이다.

노익장을 보여 주겠다는 듯이 두 눈에는 결연한 기색이 완연했다.

"문주님도 조심하세요."

"허허. 걱정 말게. 심홍 문주와 마찬가지로 아직은 죽을 생각이 없으니."

부드러운 미소와 함께 대답한 해남파의 문주는 이내 땅을 박찼다.

심홍과 나란히 삼불과 십이대승이 있는 곳으로 향했다.

꽈아앙!

피처럼 붉은 강기와 독기를 가득 머금은 시커먼 강기가 허공에서 충돌했다.

그러나 우열은 분명했다.

붉은 강기가 검은색 독강을 단숨에 밀어 버렸던 것이다.

"크윽!"

동시에 당민후의 입에서 억눌린 신음이 흘러나왔다.

격돌한 충격이 고스란히 그의 전신을 덮쳐서였다.

반면에 그의 앞에 있는 괴불(怪佛)은 처음과 마찬가지로 평온한 얼굴이었다.

절정고수도 한 줌 독수로 만들어 버리는 게 당민후의 독강(毒罡)이었으나 괴불에게는 소용이 없었다.

"차합!"

그나마 다행인 건 지난번과 달리 홀로 괴불을 상대하지 않는다는 점이었다.

당민후가 시뻘게진 얼굴로 뒷걸음질 치자 청성파와 아미파의 장문인이 양쪽에서 쇄도했다.

극성에 달한 청운적하검과 난피풍검법(亂披風劍法)으로 괴불을 공격했던 것이다.

하지만 두 문파의 비전검공이자 천하일절이라 불리는 두 검공으로도 괴불의 호신강기를 뚫지 못했다.

쭈우욱!

도리어 두 검세 사이로 뻗어 나오는 대수인에 두 장문인이 기겁하며 물러났다.

절묘하게 빈틈을 파고드는 일격에 식겁한 것이었다.

그러나 이내 둘은 당민후와 함께 협공을 펼쳤다.

이윽고 네 사람을 중심으로 폭풍이 휘몰아치기 시작했다.

퍼억! 빽!

하지만 시간이 갈수록 우열은 명백해졌다.

세 사람이 협공을 펼쳤음에도 우위를 점하지 못했던 것이다.

당민후는 물론이고 두 명의 장문인도 그게 자존심이 상했다.

더불어 괴불이 전에는 전력을 다하지 않았다는 걸 깨달았다.

'괴불뿐만이 아냐. 혈불과 마불 역시 전력을 다하지 않았다.'

당민후가 아랫입술을 깨물었다.

거의 짓이기다시피 할 정도로 깨물었기에 피가 났으나 당민후는 그걸 느끼지 못했다.

오히려 가슴속에서 열불이 치솟았다.

아무리 사 년 전 일독문주와의 대결로 인해서 얻은 심각한 내상 때문에 몸 상태가 정상이 아니라고 하나 그는 사천당가주이자 독제였다.

천하십대고수의 일인이자 사천성에서는 최강자라 해도 과언이 아니었는데 괴불은 그런 그보다 강했다.

아니, 청성파와 아미파의 장문인을 같이 상대하면서도 밀리지 않았다.

쩌엉! 쩡!

물론 그렇다고 해서 괴불이 압도적인 우위를 보여 주는 건 아니었다.

강하기는 하나 세 사람을 확실하게 밀어붙이지는 못했다.

그러나 중요한 것은 괴불이 백도무림을 대표하는 고수 세 명을 상대로 밀리지 않는다는 점이었다.

당민후는 그게 너무나 자존심 상했다.

'그나마 다행인 건 섬서성에서 온 지원군 덕분에 다른 쪽에서는 밀리지 않는다는 건가.'

당민후의 시선이 주변으로 향했다.

예전에는 혈뇌음사의 혈승들에 의해 크게 밀렸었는데 지금은 아니었다.

특히 삼불만큼은 아니지만 십이대승 역시 골치 아픈 존재들이었다.

한데 그들이 한 명씩 쓰러지고 있었다.

'이대로만 가면 승기를 잡을 수 있다.'

십이대승만큼은 아니지만 삼불의 제자들 역시 상당히 까다로운 고수들이었다.

그러나 숫자 앞에는 장사 없다는 말처럼 백도무림은 혈뇌음사의 전력을 야금야금 깎아 먹고 있었다.

때문에 당민후는 괴불을 비롯해서 삼불을 잘 붙잡고 있다면, 시간을 끈다면 충분히 승산이 있다고 생각했다.

쭈욱!

갑자기 괴불의 팔이 늘어나 그의 몸을 강타하기 직전까지는 말이다.

독인(毒人)이기에 괴불은 절대 당민후의 몸에 손을 대지 않았다.

만독불침에 가깝다고 하나 굳이 접촉해서 위험을 감수할 필요는 없었다.

하지만 그렇다고 해서 공격할 방법이 없는 건 아니었다.

"컥!"

손에 강기를 두르는 것만으로도 독기를 완벽하게 차단할 수 있었다.

게다가 수강은 그 자체로도 위력적이었다.

특히나 괴불이 펼치는 수강은 더더욱.

그래서 당민후는 강타당한 어깨를 붙잡으며 주춤주춤 물러났다.

"이제는 슬슬 정리할 때도 되었지."

어울려 주는 건 여기까지라는 듯이 괴불이 오만하게 말했다.

그런데 그는 오만할 자격이 있음을 증명했다.

당민후가 물러나면서 생긴 틈으로 괴불은 아미파와 청성파의 장문인을 몰아붙였다.

두 사람 다 대문파의 장문인답게 맹렬한 기세로 검을 뿌렸으나 안타깝게도 둘의 검강과 강환은 괴불의 호신강기를 뚫지 못했다.

덥석!

오히려 괴불의 양손에 둘 다 검을 붙잡혔다.

그러나 두 사람의 치욕은 이제부터가 시작이었다.

검강으로 이글거리는 두 장문인의 검을 괴불이 순수한 힘으로 부러뜨렸던 것이다.

"컥!"

"크흡!"

동강 나는 검도 검이지만 그로 인한 충격이 두 장문인의 내부를 뒤흔들었다.

괴불의 사나운 공력이 둘의 육신을 헤집었던 것이다.

"멈춰라!"

그 모습에 당민후가 고통스러운 얼굴로 일갈하며 달려들었다.

독이 잔뜩 묻은 암기를 흩뿌리면서 말이다.

그의 주력은 독공이었으나 사천당가의 주인인 만큼 암기술에도 일가견이 있었다.

게다가 협공을 하고 있었기에 마음대로 하독을 할 수 없는 만큼 암기를 사용할 수밖에 없었다.

"소용없다."

티티티팅!

극독이 묻어 있는 암기였으나 중요한 건 피부에 닿아야 제 힘을 발휘할 수 있다는 점이었다.

그걸 괴불은 잘 알고 있었기에 호신강기를 크게 펼쳐 암기들을 모조리 튕겨 냈다.

"차합!"

하지만 당민후의 공격은 이게 다가 아니었다.

그는 달려들면서 손가락을 물어뜯었다.

사천당가의 사람답게 독기를 줄기줄기 내뿜으며 당민후는 뜯겨진 손가락 끝을 크게 휘둘렀다.

아껴 두고 아껴 두었던 최후의 수를 꺼내 든 것이었다.

치이익!

독인의 경지를 넘어 독성(毒星)의 경지를 이룬 게 당민후였다.

그가 뿌리는 독은 절독이자 극독이었으나 가지고 있는 최고의 독은 피였다.

평생을 쌓아 온 독혈은 무림의 삼대극독과 비교해도 절대 뒤떨어지지 않았다.

"으음!"

그 사실을 증명하듯 당민후가 뿌린 독혈은 괴불의 호신강기를 녹였다.

청성파와 아미파 장문인의 검격에도 굳건히 버텨 냈던 그의 호신강기가 독혈에 닿기 무섭게 녹아내리자 괴불이 처음으로 침음을 흘렸다.

닿는 순간 제아무리 그라도 위험하다는 걸 본능적으로 알 수 있어서였다.

그러나 한편으로는 기회라는 생각이 들었다.

당민후의 독혈은 분명 치명적이지만 한계가 명백했다.

"자승자박이지."

괴불이 비릿한 조소를 머금었다.

그의 눈에는 당민후가 마지막 발악을 하는 것처럼 보여서였다.

웅웅웅!

분명 당민후의 독혈이 위험한 건 사실이었다.

하지만 몸에 닿지 않는다면 무용지물이었다.

그렇기에 괴불은 두 개의 거대한 대수인을 일으켜 당민후를 덮어 버렸다.

대수인으로 당민후를 가둬 버린 것이다.

"으아아아!"

순식간에 갇혀 버린 당민후가 악을 쓰며 독혈과 독강을 난사했으나 소용없었다.

그의 독혈이 강기까지 녹여 낼 수 있다고 해도 단숨에 괴불의 대수인을 녹여 내는 건 힘들었다.

게다가 시간이 흐를수록 불리한 건 누가 뭐래도 당민후였다.

"으윽!"

그걸 청성파와 아미파의 장문인들도 알았기에 어떻게든 힘을 보태려고 했으나 검이 부러지면서 입은 내상이 심각했다.

외상은 전혀 없지만 내상이 깊었기에 두 사람은 거동도 마음대로 할 수 없는 상태였다.

그러나 지금 움직이지 않는다면 당민후가 죽을 테고, 그다음은 두 사람의 차례일 터였다.

"여기부터는 제가 맡겠습니다."

뻐어어엉!

제102장 태극혜권太極慧拳

힘겹게 걸어가던 두 장문인의 귓전으로 낯선 목소리가 들렸다.

동시에 거대한 힘의 파동과 함께 괴불의 대수인이 산산조각 나며 흩어졌다.

"이노옴!"

푸하아악!

강기의 감옥에 갇혀 있던 것이나 마찬가지였던 당민후는 대수인이 박살 나자마자 뛰쳐나오며 괴불을 향해 피를 뿌렸다.

손가락이 아닌 양손의 장심을 찢어 내고서 말이다.

그러자 장심에서 뿜어져 나온 독혈이 공기를 태우며 괴불에게 뿌려졌다.

"흡!"

그물망이 펼쳐지듯이 당민후의 독혈이 전방을 집어삼키며 날아오자 괴불은 호흡을 멈추며 황급히 뒤로 물러났다.

몸에 직접 닿지 않더라도 공기를 통해 중독될 수도 있기에 아예 거리를 벌린 것이었다.

그러면서 두 손을 크게 휘저어 장풍을 일으켰다.

"제, 제길!"

그런 괴불의 모습에 당민후가 이를 갈며 한쪽 무릎을 꿇었다.

마음 같아서는 재차 달려들고 싶었으나 이 이상은 위험했다.

더 이상 피를 흘리면 혼절이 아니라 죽음이었다.

그걸 본인 스스로가 너무나 잘 알았기에 당민후는 분한 기색을 감추지 못했다.

"지금부터는 제가 상대하겠습니다."

"자네는?"

그때 당민후의 귓전에 사내의 목소리가 들렸다.

낯설면서도 왠지 모르게 익숙한 음성이 말이다.

이윽고 그의 옆으로 유하성이 섰다.

"우선 상처부터 추스르고 계십시오."

"이것부터 먹게."

유하성의 등장에 당민후는 황급히 지혈을 하며 품속에서

작은 환약을 건넸다.

바로 그가 직접 만든 해독제였다.

독혈이 닿거나 한 건 아니지만 공기를 통해서도 중독이 되기에 당민후는 황급히 환약을 던졌다.

"거절하지 않겠습니다."

"자신 있나?"

"해 보는 데까지는 해 봐야 하지 않겠습니까. 세 분을 상대했으니 지치기도 했을 테고요."

"조금만, 조금만 부탁하네. 최대한 빨리 회복해서 합류하겠네."

세인들이 최근 공석이 된 천하십대고수에 유하성의 이름을 올려야 하는 거 아니냐고 말하는 걸 당민후 역시 알고 있었다.

직접 손을 섞어 보지는 않았으나 유하성의 실력에 대해서 어느 정도는 알았다.

충분히 천하십대고수의 자리에 오를 실력이라는 걸 말이다.

하지만 독제인 그조차도 혼자서 상대하지 못한 게 괴불이었기에 당민후는 유하성에게 많은 부담을 지우지 않았다.

"알겠습니다."

"절대 무리하지 말게. 시간만 끌어도 우리에게 유리해."

"안 그래도 보타문과 해남파가 도착했습니다."

"두 곳이?"

당민후가 두 눈을 휘둥그레 떴다.

출발했다는 소식을 듣기는 했으나 오늘 도착할 줄은 몰라서였다.

그러나 대화는 거기까지였다.

바람으로 인해 독기가 어느 정도 가라앉은 듯하자 괴불이 달려들었다.

타앗!

갑자기 난입한 유하성을 단숨에 뭉개 버리겠다는 듯이 쇄도하는 괴불을 향해 유하성도 마주 몸을 날렸다.

삼불의 일인으로 서장에서는 절대강자라 인정받는 괴불이지만 유하성은 전혀 기죽지 않았다.

지금껏 상대한 이들 역시 만만한 이들은 단 한 명도 없었다.

그리고 솔직히 궁금하기도 했다.

'내가 지금 어디까지 와 있는지 말이지.'

유하성의 목표는 고작 천하십대고수의 일좌(一座)가 아니었다.

그의 꿈은 천하제일인이 되는 것이었다.

각현처럼 이리 치이고 저리 치이는 중원제일인이 아니라 말 그대로의 의미인 천하제일인 말이다.

그런 의미에서 괴불과의 대결은 좋은 기회였다.

쌔애애액!

비쩍 마른 체형의 괴불이 일장을 내질렀다.

어마어마한 내공을 주체하지 못하는 듯 전신에서 시뻘건 강기를 일렁이며 일장을 뻗었다.

그런데 좌도방문의 무공이라고 하기에는 괴불의 일격에 서린 현묘함이 상당했다.

거기다 흩뿌리는 기도 역시 대단했다.

꽈아앙!

하지만 유하성이 평생 동안 쌓은 무공 역시 만만치 않았다.

특히 유하성은 태극권만 고집하지 않았다.

상황에 맞게 필요한 무공을 펼쳤다.

더욱이 괴불은 당민후와 청성파, 아미파 장문인들의 협공을 받았던 만큼 유하성은 자신 있게 십단금을 펼쳤다.

"호오."

무당파의 무공이라고 하기에는 지나치게 패도적인 십단금에 괴불이 의외라는 표정을 지었다.

정공이지만 마공 못지않은 패도지력(覇道之力)을 느낄 수 있어서였다.

게다가 그의 나이와 비교하면 유하성은 핏덩이나 다름없었다.

그런데 자신의 일격을 어렵지 않게 막아 내자 괴불은 재미

있다는 표정을 지었다.

웅웅웅!

그런 그를 향해 유하성은 연이어 십단금을 펼쳤다.

상대가 상대이니만큼 유하성은 조금도 방심하지 않고 전력을 다해 십단금을 시전했다.

꽝! 꽝! 꽝! 꽝!

일격에 모든 힘을 집중시킬 수도 있지만 역시 십단금은 연달아 펼쳐서 중첩시킬 때 제 위력을 발휘했다.

물론 적중해야 한다는 전제 조건이 있었으나 다행히 괴불은 피하지 않았다.

핏덩이의 재롱을 받아 주겠다는 듯이 제자리에서 전부 다 맞받아쳤던 것이다.

그리고 실제로 괴불에게는 큰 부담이 되지 않았다.

'마지막에도 웃을 수 있을지 두고 보자고.'

말은 하지 않았으나 눈빛과 표정으로 유하성은 괴불이 어떤 생각을 하는지 알 수 있었다.

그러나 유하성은 그걸 알면서도 흔들리지 않았다.

고작 이 정도에 평정심이 흔들릴 정도로 수양이 얕지 않아서였다.

그러는 사이 드디어 유하성의 손에서 열 번째 주먹이 괴불의 장심을 강타했다.

꽈아앙!

지금까지와는 비교도 안 되는 굉음과 함께 괴불의 상체가 들썩였다.

중첩된 십단금의 위력이 그만큼 대단했던 것이다.

하지만 안타깝게도 딱 거기까지였다.

상반신이 흔들렸을 뿐 내상을 입거나 몸이 뒤로 밀리거나 하지는 않았다.

쌔애액!

오히려 기다렸다는 듯이 괴불의 반격이 이어졌다.

가는 팔뚝에 담긴 힘이라고는 믿기 힘들 정도의 강맹한 공격이 유하성을 향해 폭우처럼 쏟아졌다.

콰앙! 쾅! 콰콰콰쾅!

마치 내공이 무한하다는 듯이 괴불은 힘을 아끼지 않았다.

맞지 않더라도 일단 공격을 쏟아 냈다.

"흡!"

말 그대로 마구잡이로 쏟아 내는 듯한 공격이었으나 중요한 건 하나하나가 위협적이라는 사실이었다.

그리고 일정한 규칙이나 순서가 없다고 해서 무작정 내지르는 건 아니었다.

유하성의 눈에는 보였다.

마구잡이로 공격하는 게 아니라 자유롭게 초식을 풀어내는 것임을 말이다.

'무초식의 경지다.'

무공에 입문한 순간 모두가 투로와 초식부터 익혔다.

제대로 무공을 펼치기 위해서는 몸에 익는 과정, 숙달이 반드시 필요해서였다.

그렇게 초식에 익숙해지고 완벽해지면 그 이상의 경지로 나아가게 되는데 그게 바로 무초식의 경지였다.

틀에서 벗어나 본능적으로 가장 효율적이고, 치명적이며, 위험한 투로를 찾았다.

언뜻 보기에는 자유롭다 못해 마구잡이로 보이지만 그건 알아보지 못하는 이들의 눈에나 그렇게 보이는 것이었다.

다만 유하성이 보기에 괴불은 이제 막 입문한 수준으로 보였다.

'아니면 아직 제대로 보여 주지 않았거나.'

진짜 무초식의 경지라면 이런 식의 난사나 난타는 하지 않을 것이었다.

지금의 파상공세는 위협적으로 보일지 모르나 실제로는 너무나 비효율적인 방법이었다.

낭비도 이런 낭비가 없다고나 할까.

쭈우욱!

스치기라도 하는 순간 긁히는 게 아니라 살덩이와 뼈가 뜯겨 나갈 게 분명했다.

그렇기에 유하성은 태극신보를 극성으로 펼치며 괴불이 뿌려 대는 강기 다발들을 회피했다.

무당
패왕

한데 그때 보고도 믿기지 않는 광경이 눈에 들어왔다.

강기들 사이로 뼈에 가죽만 달라붙어 있는 것 같은 괴불의 손이 쭉 늘어나며 유하성의 심장을 파고들었다.

"흐읍?!"

마치 엿가락처럼 팔이 늘어나는 광경에 유하성은 화들짝 놀랐다.

태어나서 이런 광경은 처음 봤기 때문이다.

그러나 놀란 것과 달리 그의 몸은 기민했다.

본능적으로 괴불의 손을 피해 냈던 것이다.

"제법이야. 중원인들 중에 그 정도로 몸을 단련한 이가 없던데."

괴불이 순수하게 감탄했다.

육신은 늙었으나 안목과 경험은 계속해서 축적되었다.

그렇기에 그는 보는 순간 알았다.

유하성이 엄청나게 고행했다는 사실을 말이다.

"그런데 언제까지 피할 수 있을까?"

슈우욱!

괴불의 미소와 함께 이번에는 다리가 쇄도했다.

역시나 팔과 마찬가지로 그의 다리도 기형적으로 늘어나며 유하성의 복부를 노렸다.

악랄하게도 단전을 노린 것이었다.

휘이익!

거기다 양팔 역시 채찍처럼 기괴하게 꺾이며 유하성에게
파고들었다.

순식간에 유하성을 포위한 형국이 되었던 것이다.

'피할 수 없다.'

유하성은 판단을 내렸다.

운 좋게 팔다리를 피한다고 하더라도 괴불은 무지막지한
강기 다발들을 쏟아 낼 터였다.

앞서 당민후를 비롯해서 세 명을 상대했음에도 괴불은 지
친 기색을 보이지 않았다.

삐쩍 마른 체격과 달리 근육만 부족할 뿐 육체도 단련이
제대로 되어 있었다.

노쇠한 육신을 가지고도 근접전을 피하지 않는다는 건 그
만한 자신감이 있다는 뜻이었다.

때문에 유하성은 결단을 내렸다.

'피할 수 없으면, 부순다.'

고민은 짧았다.

그리고 유하성은 길게 고민하는 성격이 아니었다.

결정을 내리기 무섭게 유하성은 공력을 전부 다 끌어올렸
다.

상대는 혈뇌음사 최고수 중 한 명인 괴불이었기에 유하성
은 전력으로 달려들었다.

쩌어엉!

괴불과 마찬가지로 유하성의 전신이 푸른 빛으로 뒤덮였다.

공력을 극성으로 끌어올리자 강기가 넘실거리는 것이었다.

그 상태로 유하성은 괴불의 발끝을 정강이로 튕겨 냈다.

괴불에게 어마어마한 내공이 있다면 유하성에게는 극도로 단련된 육신과 체력이 있었다.

"재미있구나!"

단단하게 중심을 잡고 정면으로 발을 튕겨 내는 유하성의 움직임에 괴불이 히죽 웃었다.

독제나 청성파와 아미파의 장문인들도 제법 강하긴 했다.

그러나 독제는 몸 상태가 정상이 아니었고, 두 명의 장문인은 아직 설익었었다.

하지만 유하성은 달랐다.

쌔애액! 쌔액!

심기체를 균형 있게 단련한 무인이 유하성이었다.

걸음걸이만 봐도 괴불은 알았다.

그 역시 극도로 육체를 단련한 무인이었다.

비록 좌도방문에 손을 대기는 했으나 그 모든 건 강해지기 위해서였다.

쩌엉! 쩡!

섬뜩한 핏빛 강기와 하늘처럼 맑은 푸른색 강기가 쉴 새

없이 격돌했다.

그리고 그 사이로 기하학적으로 늘어나고 꺾인 괴불의 팔다리가 뻗어 나왔다.

한데 기상천외한 공격은 그게 다가 아니었다.

노쇠한 육신이라고는 믿기 힘들 정도의 탄성을 보여 주며 괴불이 사정없이 유하성을 몰아붙였다.

"큭!"

인간의 육신으로는 보여 줄 수 없는 자세와 함께 전혀 예상하지 못한 각도에서 맹공이 쏟아졌다.

상상조차 못 한 위치에서 손발이 파고드는 모습에 유하성은 이를 악물었다.

지금껏 상대했던 이들과는 궤를 달리하는 공격에 제아무리 유하성이라도 당황할 수밖에 없었다.

그러나 예상치 못한 폭격에도 절대 치명타는 허용하지 않았다.

'무초식의 경지라고 해서 무조건 형식(形式)이 없는 건 아냐. 사람마다 각자의 습관이 있지.'

폭풍처럼 휘몰아치는 파상공세에도 유하성은 버텼다.

아니, 순순히 당하고만 있지는 않았다.

왜냐하면 유하성 역시 무초식의 경지에 발을 들였기 때문이다.

그리고 내공은 괴불에 비해 부족할지 모르나 육체와 체력은 유하성이 유리했다.

터터터텅!

거기다 기본적으로 유하성은 상대의 공격을 흘려 내는 데도가 튼 사람이었다.

아무리 강력한 공격도 비틀고 흘려 내는 게 태극권이었고, 그 태극권을 극성으로 익힌 게 바로 유하성이었다.

더불어 시간을 끈다는 건 당민후를 비롯하여 다른 이들이 회복할 시간을 번다는 뜻과도 같았다.

'물론 그때까지 막기만 할 생각은 없다.'

괴불의 파상공세를 비껴 내고 흘려 내고 있으나 충격은 켜켜이 체내에 쌓이고 있었다.

그 사실을 증명하듯 팔다리가 비명을 질러 대는 중이었다.

하지만 팔다리가 얼얼하다 못해 찌릿찌릿했음에도 유하성은 씨익 웃었다.

생각했던 것보다 할 만하다는 느낌이 들어서였다.

'시험해 볼 것도 있고.'

스으윽.

진무 태극권을 펼치던 유하성이 자세를 바꿨다.

동시에 움직임도 달라졌다.

츠츠츠츠!

소극적인 반격만 하던 유하성의 기세가 일변했던 것이다.

더불어 유하성의 전신에서 무시무시한 기운이 넘실거렸

다.

극도로 효율적인 움직임을 보였던 유하성이 지금까지와 다르게 가공할 기운을 사방에 발산했다.

그리고 그를 중심으로 수십, 수백 개의 장강(掌罡)이 솟구쳤다.

"허어!"

일순간에 허공을 가득 채운 장강은 단숨에 괴불의 강기들을 밀어 냈다.

숫자도 숫자지만 하나하나에 서린 기운이 대단했던 것이다.

"하아압!"

유하성은 그 기세를 살려 괴불을 거세게 밀어붙였다.

지금까지 두들겨 맞은 한을 풀겠다는 듯이 폭발적으로 몰아쳤다.

면면부절(綿綿不絕).

무당면장을 표현하는 네 글자답게 유하성의 양손에서 뿜어져 나오는 면장은 끊이지 않았다.

거기에 유하성은 자신만의 깨달음을 더했다.

복원한 걸 넘어 더 높은 경지로 끌어올린 것이었다.

웅웅웅웅!

검해(劍海)처럼 수십, 수백 개의 장강이 허공을 빼곡히 채웠다.

단순히 허공을 잠식한 게 아니라 하나하나가 유하성의 의지를 받들었다.

즉 완벽하게 유하성의 통제하에 있는 것이었다.

검의 경지에 검해가 있다면 지금 유하성은 장해(掌海)를 펼치고 있었다.

"대단하구나. 그 나이에 이 정도 경지라니. 서장 포달랍궁의 궁주도 네 나이에 이 정도는 아니었다. 과연 중원제일의 기재라고 할 만해. 하나 이 정도로는 부족하다."

검해는 몇 번 봤어도 장해는 괴불도 처음이었다.

그렇기에 순수하게 감탄했다.

무당면장을 이렇게까지 끌어올릴 줄은 몰라서였다.

하지만 딱 거기까지였다.

꽈과과광!

분명 대단한 경지이고 놀라운 수준이었으나 승부를 결정지을 정도는 아니었다.

그걸 괴불은 본인의 힘으로 증명했다.

우악스럽게 힘으로 찍어 눌렀던 것이다.

그것도 비슷한 방식으로 유하성의 장해를 파쇄했다.

"흐으읍!"

무지막지한 힘으로 찍어 누르는 괴불의 반격에 유하성이 이를 악물었다.

장해가 파괴되면서 그 역시 충격을 받는 것이었다.

그러나 물러날 생각은 없었다.

이 정도에 포기할 것이었으면 시작하지도 않았다.

쉬이익!

장해가 부서지는 만큼 괴불의 강기 역시 박살 나고 있었다.

물론 막대한 진기를 가진 괴불에게 이런 식의 난타전은 오히려 유리했다.

아무래도 내공이 부족한 유하성이 먼저 지쳐 쓰러질 수밖에 없어서였다.

하지만 그 사실을 유하성도 알고 있었다.

"체력으로 밀어붙이려고? 그러나 아무리 육신이 젊고 쌩쌩해도 결국 조악한 검기에 찢어지는 게 몸뚱어리다."

산산이 부서지는 장해 사이로 우직하게 밀고 들어오는 유하성을 쳐다보며 괴불이 냉소를 지었다.

젊은이의 패기는 가상하나 승부의 세계는 냉정했다.

단순히 패기만으로 승부가 뒤집어지는 경우는 실력이 비슷할 때나 가능했다.

지금처럼 고하(高下)가 명백할 때는 아무런 의미가 없었다.

"그 말 그대로 되돌려주고 싶군."

"허허허!"

당돌한 유하성의 대답에 괴불이 어처구니없다는 듯이 웃었다.

이 먼 중원까지 와서 이런 말을 들을 줄은 몰라서였다.

그래서 그는 마음속으로 다짐했다.

냉혹한 현실을 알려 주기로 말이다.

'우선 자신의 무공이 얼마나 조잡한지 처절하게 느끼도록 해 주마.'

괴불의 눈빛이 서늘해졌다.

사실 방금 전까지는 뛰어난 후학과 어울려 주듯이 손 속을 나눴었다.

그러나 지금은 달랐다.

처참하게 밟아 줄 작정이었다.

후우웅!

강환조차 쪼개 버릴 듯한 강기를 휘감고서 유하성의 주먹이 쇄도했다.

하지만 괴불은 피할 수 있음에도 피하지 않았다.

자신과의 격차를 직접적으로 알려 주기 위해서였다.

쩌어어엉!

더불어 유하성에게 몸뚱어리만 믿고 날뛰면 어떻게 되는지 직접 가르쳐 줄 생각이었다.

볼품없어 보이는 것과 달리 그의 육신은 극한으로 단련된 상태였다.

나이로 인해 근육이 많이 사라졌다고 하나 여전히 그의 몸은 탄력적이고 강인했다.

터엉! 터터텅!

그 사실을 괴불은 몸으로 직접 보여 주었다.

근접전을 벌여도 전혀 밀리지 않는다는 것으로 말이다.

그러면서 아직도 단전을 가득 채우고 있는 공력을 끌어올렸다.

이쯤에서 마무리를 지을 생각이었다.

'흘러가는 상황이 심상치 않기도 하고.'

말은 하지 않았으나 괴불은 주변의 상황을 예의 주시하고 있었다.

이곳은 중원무림 한복판이고 하오문과 귀단문이 지원한다고 하나 그래도 백도무림에게 유리했다.

거기다 생각지도 못한 지원군까지 왔고, 그 지원군의 전력이 상당했기에 괴불은 더 이상 여유를 부리면 안 된다고 생각했다.

백도무림이 아무리 발악해도 지지는 않겠지만 그래도 이왕이면 피해를 줄여야 했다.

후웅.

이기는 건 당연했고 중요한 건 피해를 최소화하는 것이었다.

그렇기에 괴불은 이제 결판을 내야겠다고 생각했다.

서장에서도 보기 드문 인재를 죽여야 한다는 게 조금 안타까웠으나 약육강식은 자연의 법칙이었다.

그래서 망설이지 않고 손을 갈고리 모양으로 만들어 유하성의 심장을 노렸는데 예상치 못한 일이 벌어졌다.

"어?"

악착같이 막아 내던 방금 전과 달리 유하성이 너무나 부드러운 움직임으로 그의 일격을 쉽게 흘려 냈다.

심지어 그의 팔이 늘어날 것까지 계산하고서 말이다.

하지만 이내 괴불은 표정을 가다듬었다.

단순히 운이 좋다고 생각한 것이었다.

스우웅.

그런데 두 번째 공격도 유하성은 너무나 쉽게 피해 냈다.

마치 그의 움직임을 예상이라도 한 것처럼 말이다.

그러나 진짜 놀랄 일은 지금부터였다.

유하성이 온몸으로 그리는 태극이 사방을 잠식해 가기 시작했다.

'위험하다!'

그 순간 괴불의 머릿속에 경종이 울려 퍼졌다.

어떻게 보면 춤사위처럼 보이는 게 유하성의 움직임이었다.

한데 그 움직임에 괴불의 기운이 흔들렸다.

그뿐만 아니라 알 수 없는 압박감이 그를 짓눌렀다.

쎄애액!

그걸 느낀 순간 괴불은 전력을 다해 일수를 뿌렸다.

유하성이 무언가를 더 하기 전에 죽여야 한다고 직감이 말해서였다.

지금껏 살아오면서 몇 번이나 그를 살려 준 게 직감이었기에 괴불은 망설이지 않았다.

덥석.

단숨에 유하성을 갈가리 찢어 버릴 기세로 파고들던 괴불의 두 팔이 우뚝 멈췄다.

벼락처럼 쇄도하는 두 팔을 유하성이 양손으로 붙잡은 것이었다.

그러나 괴불의 움직임은 기민했다.

두 팔이 붙잡힌 순간 몸을 띄워서는 두 다리로 유하성의 허리를 감았다.

나무에 매달린 매미처럼 두 다리로 허리를 휘감고서 매달린 것이었다.

동시에 괴불의 입술이 비틀렸다.

"끝났다, 애송아!"

상황은 순식간에 역전되었다.

유하성의 움직임은 봉쇄되었을뿐더러 허리까지 내준 상태였다.

그렇기에 괴불은 비릿하게 웃으며 두 다리를 조였다.

그뿐만 아니라 붙잡힌 두 팔을 비틀어 유하성의 팔뚝을 감았다.

꾸우욱!

그와 동시에 괴불은 있는 힘껏 몸을 조였다.

허리와 팔뚝을 분지를 기세로 말이다.

더불어 기대했다.

고통으로 일그러질 유하성의 얼굴을 말이다.

우드득.

하지만 잔뜩 기대한 것과 달리 유하성은 웃고 있었다.

마치 지금의 상황이 기껍다는 듯이.

그리고 섬뜩한 소리가 들렸다.

무언가가 비틀리는 소리가 말이다.

"당황해서 깜빡한 모양이야. 이런 몸싸움은 내가 유리하단 걸."

"끄으윽!"

괴불의 입이 벌어졌다.

팔뚝이 짓이겨지는 고통에 신음이 흘러나온 것이었다.

그러나 괴불도 순순히 당하지만은 않았다.

단전의 진기를 극성으로 끌어올려 유하성의 허리를 옥죄었다.

부르르르!

그런데 아무리 힘을 주어도 허리는 조여지지 않았다.

단단한 쇠기둥조차 단숨에 우그러뜨리는 게 그의 육신이었다.

한데 그런 그의 두 다리로 있는 힘껏 옥죄는데도 유하성의 허리는 멀쩡했다.

빠각!

오히려 유하성은 무릎으로 괴불의 엉덩이를 찍었다.

정확하게 꼬리뼈가 있는 부분을 말이다.

"커헉!"

벼락을 맞은 것처럼 찌릿한 고통이 꼬리뼈를 중심으로 전신 곳곳에 퍼져 나갔다.

고통이 파도처럼 퍼져 나간다고나 할까.

콰직!

유하성은 거기서 멈추지 않았다.

고통에 허우적거리는 괴불의 두 팔을 거칠게 꺾어 버렸다.

유연한 걸 알기에 아예 어깨를 뽑아 버릴 기세로 기괴하게 꺾은 후 그다음에는 허리를 접었다.

척추를 아예 반대로 접어 버리자 괴불의 눈이 돌아갔다.

푹!

그 상태에서 유하성은 무릎으로 괴불의 단전을 파괴했다.

등허리를 가격해 단전을 박살 냈다.

"그만 죽이게. 그 정도면 고문이야."

어느새 입에 게거품을 물고 있는 괴불의 모습에 당민후가 질린 표정을 지으며 다가왔다.

그러면서 믿기지 않는다는 얼굴로 괴불과 유하성을 번갈

아 쳐다봤다.

처음부터 끝까지 전부 다 봤음에도 믿기지가 않았다.

유하성이 괴불을 쓰러뜨렸다는 게 말이다.

"알겠습니다."

퍼석.

유하성은 정신을 차리지 못하는 괴불의 머리를 아작 냈다.

이윽고 두개골이 뭉개진 괴불의 몸이 축 늘어졌다.

"대단하다, 대단하다 말은 들었지만 이 정도일 줄은. 마지막에 펼친 거 혹시 태극혜검 아닌가?"

심호흡을 하는 유하성을 반짝이는 눈으로 쳐다보며 당민후가 물었다.

보는 순간 무당파의 비전절기이자 절대검공으로 꼽히는 태극혜검이 떠올라서였다.

양손으로 펼치는 태극혜검을 보는 느낌이었기에 당민후는 거의 확신하는 듯한 표정이었다.

"태극권입니다. 제가 배운 건 태극권밖에 없습니다."

"그럴 리가 없는데?"

당민후가 미간을 좁히며 고개를 갸웃거렸다.

강호에서 독제라 불리는 무인이 그였다.

눈썰미에 연륜이 더해졌기에 당민후는 유하성의 말을 순순히 믿지 않았다.

그러면서 그는 속으로 아깝다는 생각이 들었다.

'내가 먼저 낚아챘어야 했는데……'

유하성의 잠재력에 대해서는 그도 익히 알고 있었다.

낭중지추라는 말이 너무나 잘 어울리는 이가 유하성이었으니까.

게다가 대기만성형 무인이었기에 더더욱 기억에 남았다.

하지만 지금은 늦어도 너무 늦었다.

'남궁세가, 제갈세가에 꿀릴 건 없지만, 딸을 들이밀면 반발이 거세겠지.'

당민후가 속으로 쓴웃음을 지었다.

제아무리 사천당가가 명문세가라 할지라도 남궁세가, 제갈세가의 연합을 이기는 건 힘들었다.

그렇기에 당민후는 욕심이 나지만 포기할 수밖에 없었다.

대신 미적거린 자신을 탓했다.

울컥!

그런데 그때 유하성이 검게 죽은 피를 토했다.

안색이 안 좋기는 했으나 갑자기 각혈을 할 줄은 몰랐기에 당민후가 깜짝 놀란 표정을 지었다.

"자네, 괜찮나?"

"아, 네. 내상을 좀 입었는데 지금은 괜찮습니다."

한결 나아진 얼굴로 유하성이 대답했다.

괴불을 상대로 이 정도면 상처가 거의 없는 것이나 마찬가지였다.

다만 소모된 내공이 꽤 됐지만 싸우지 못할 정도는 아니었다.

"잠시 쉬고 있게. 나머지는 우리가 할 터이니."

당민후가 그 정도 여유는 있다는 듯이 말했다.

괴불이 쓰러지며 전장의 분위기가 달라진 걸 그는 알고 있어서였다.

혈불이 아직도 건재했으나 마불의 상황은 썩 좋지 않았다.

화산무제와 검제도 가까스로 상대했는데 거기에 무율까지 합세하자 천하의 마불도 쩔쩔맬 수밖에 없었다.

"쉴 정도는 아닙니다. 쉴 때도 아니고요."

"그렇다면야."

"어디로 가실 생각이십니까?"

누가 뭐래도 현재 가장 큰 위협은 삼불과 십이대승이었다.

그중 괴불은 유하성의 손에 죽었고, 십이대승 역시 반수 가까이 쓰러진 상태였다.

하오문과 귀단문이 악착같이 발악하고 있었으나 두 곳의 힘만으로 전황을 뒤집는 건 불가능했다.

그렇기에 유하성은 혈불과 마불을 쳐다봤다.

"자존심을 버렸으니 실리라도 확실하게 챙겨야 하지 않겠

나. 나는 두 장문인들과 혈불에게 가겠네."

"괜찮으시겠습니까?"

"나 독제일세."

다음 권으로 이어집니다